U0526885

克林索尔的
最后一个夏天

[德] 赫尔曼·黑塞 | 著

孙晓雪 | 译

四川人民出版社

图书在版编目（CIP）数据

克林索尔的最后一个夏天 / (德) 赫尔曼·黑塞著；孙晓雪译. -- 成都：四川人民出版社, 2025.6.
ISBN 978-7-220-13929-1

Ⅰ. I516.15

中国国家版本馆CIP数据核字第2025QT0549号

KELINSUOER DE ZUIHOU YIGE XIATIAN
克林索尔的最后一个夏天
[德]赫尔曼·黑塞 著 孙晓雪 译

出 版 人	黄立新
出 品 人	武 亮 刘一寒
策 划	郭 健 石 龙
责任编辑	范雯晴
责任校对	吴 玥
特约监制	王 月
产品经理	星 芳
封面设计	Recife
版式设计	沐 雨
出版发行	四川人民出版社（成都三色路238号）
网 址	http://www.scpph.com
E-mail	scrmcbs@sina.com
新浪微博	@四川人民出版社
微信公众号	四川人民出版社
发行部业务电话	（028）86361653 86361656
防盗版举报电话	（028）86361653
照 排	天津书田图书有限公司
印 刷	北京飞达印刷有限责任公司
成品尺寸	130mm×185mm
印 张	5
字 数	87千
版 次	2025年6月第1版
印 次	2025年6月第1次印刷
书 号	ISBN 978-7-220-13929-1
定 价	45.00元

■版权所有·侵权必究

本书若出现印装质量问题，请与我社发行部联系调换
电话：（028）86361656

目 录

克林索尔的最后一个夏天

引言 002 | 克林索尔 004 | 路易 013 | 卡雷诺日 022
克林索尔致伊迪丝 046 | 末日之音 049
八月的夜 063 | 克林索尔致残忍的路易 072
克林索尔寄给朋友杜甫的一首诗 077 | 自画像 079

流 浪

农舍 088 | 乡野墓地 091 | 山口 093 | 夜行 096
村庄 098 | 迷途漫漫 101 | 桥 103 | 精彩纷呈的世界 106
牧师的宅邸 108 | 农庄 112 | 雨 115 | 树木 117
绘画之趣 120 | 雨天 122 | 小小教堂 126 | 无常 129
午后时光 131 | 走向死亡的旅者 134 | 湖、树、山 135
色彩之魔力 138 | 多云的天空 139 | 红色屋舍 143
傍晚 146

·黑塞年谱 149　　·黑塞主要作品年表 155

克林索尔的最后一个夏天

KLINGSORS LETZTER SOMMER

引　言

在克林索尔生命中的最后一个夏天，四十二岁的他重返潘潘比奥、卡雷诺和拉古诺一带的南方地区，那片他青春年华里深恋并频访的土地。正是在这里，他创作了自己最后的作品，那些对现实形体的自由重构，那些奇异、明亮却又静谧、如梦似幻的扭曲树木以及宛若植物的房屋，那些在鉴赏家眼中超越了其"古典"时期的上乘佳作。彼时的他，调色板上仅剩几种极其鲜艳的颜色：镉黄、丹红、维罗纳绿、翠绿、钴蓝、钴紫、法国朱红和天竺葵红。

晚秋时，克林索尔的离世如同一阵寒风，令他的朋友们深感震惊。生前，他在信件中透露的不祥预感、对死亡的渴望，引发了关于他自杀原因的种种流言。曾有人说，克林索尔数月之前就已陷入精神错乱。而某位见多识广的艺术评论家，则想从克林索尔的所谓疯狂之中解读其遗作的惊人之处和狂喜之源！这些无端猜测与关于他酗酒的说法相比，更显荒谬。克林索尔有时会借酒浇愁，没有人比画家自己更加坦诚地接受这一点。某些时期，包括生命的最后几个月，他不但沉溺于酒精带来的欢愉，更有意追求醉意，以此麻痹内心的痛苦与难忍的忧郁。李太白，那位深沉吟唱饮酒之歌的诗人，成为克林索尔的挚爱。在他酒意朦胧之际，他常自称李太白，称另一位朋友为杜甫。

克林索尔的艺术遗产，连同那传奇般的一生，依旧流传于他的熟人圈。关于他的故事，连同那充满创作激情的最后一个夏天的记忆，依旧被人传颂。

克林索尔

一个热烈而匆忙的夏天已然拉开帷幕。灼热的白昼,纵然漫长,却如燃烧的旗帜在风中飘逝。短暂而闷热的月夜之后,紧跟着短暂而闷热的雨夜。那璀璨的数周,如幻梦般飞掠,留下无数绚烂的画面。

午夜过后,克林索尔漫步归来,驻足于画室狭窄的石阳台上。脚下,是那陡然下沉的古老花园。棕榈、雪松、栗树、紫荆、山毛榉、桉树,藤蔓和紫藤攀附其中,在阴影中交织成一片深邃而错落的密林。树影之上,夏季玉兰的银白巨叶在微弱的星光中隐隐闪烁,雪白的巨大花朵在叶间半开,大小如人头,洁白如月光、如象牙,飘散着一股浓郁而清新的柠檬香气。模糊的远处,一曲音乐随着疲惫的翅膀飘然而至,或是出自一把吉他,或是出自一架钢琴,让人无法辨识。禽舍中,一只孔雀突然惊叫起来,两声、三声,划破了林中的夜色。这声音短促、刺耳、坚硬,如同从深渊中传来所有生命的悲鸣,震撼着静谧的夜空。星光如潺潺小溪在林谷中流淌，一座白色的小教堂在无垠的森林中高高矗立，被神秘与岁月的积淀所笼罩。湖泊、山脉和天空，在远方融为一体。

克林索尔站在阳台上，身着衬衫，裸臂扶栏，半含愠色的灼灼目光，凝视着苍白天幕上星辰的镌刻，以及树影幽暗中微光的涂抹。孔雀的鸣叫让他想起了什么。是的，夜又深了，已经很晚了，此时本应陷入梦境的怀抱。无论如何，他必须寻得安睡。或许，连绵几夜的深眠，六至八小时的休憩，将带来恢复的曙光，使双眼重拾顺从与耐心，让心灵得以宁静，不再受头痛困扰。然而，如此一来，夏天将悄然离去，那些狂野闪烁的夏夜之梦，也将随之一一消散：千杯未饮之酒，倾洒一地；千次未见之爱，破碎在转瞬之间；千幅不可再现的画面，还未欣赏就已然黯淡。

他让额头与疼痛的双眼轻靠在冰冷的铁栏上，短暂地沐浴一丝清凉。不久，或许就在来年，或许就在更快的某个瞬间，他的双眼将陷入永恒的黑暗，心中的火焰也将熄为灰烬。不，无人能长久地承受如此炽热的生活，即便是他，即便是拥有十条命的克林索尔。无人能日夜不息地燃烧自己的光芒，火山亦不能长久喷发；无人能日夜不息地在火焰中站立，从早到晚，从夜到明，激烈地工作，激烈地思考，始终沉浸在感官和神经的亢奋之中，如同一座城堡，每扇窗后音乐不息，千百支蜡烛夜夜闪烁。这一切都将迎来终结，太多的精力已被耗尽，太多的视力已被燃烧，太多的生命已经流逝。

突然间，他笑了起来，身姿随之舒展。他恍然意识到：这样的感觉，这样的思索，这样的忧虑，已无数次掠过心头。在生命中所有美好、丰盈、灿烂的时刻，甚至在青春岁月里，他就是这样生活的。他的生命之烛在两端燃烧，时而欢歌，时而哀吟，沉醉于激情耗竭的狂欢，渴望将杯中之酒一饮而尽，同时又怀揣着面对生命终结时那深邃而隐秘的恐惧。他曾多次如此生活，一次次将杯中之酒饮尽，一次次如烈焰般燃烧。有时，终结是温柔的，像一场深沉而无意识的冬眠；有时，它也是可怕的，是无谓的毁灭，是无情的荒凉，是难忍的痛苦，是医生的治疗，是悲伤的放弃，是虚弱的凯旋。实际上，每一次炽热季节的终结，都比上一次更加糟糕，更加悲伤，更具毁灭性。但他总是能够幸存下来。在数周或数月之后，在痛苦或麻醉之后，复活便会到来，新的火焰在沉寂的灰烬下重新燃起，更加炽热的作品，更加璀璨的生命狂潮。一直是这样，往昔的痛苦与挫败，那些悲伤的间隙，如同沉入深海的石子，被遗忘，被淹没。这样很好。一切终将过去，就如从前一样。

克林索尔微笑着回想起吉娜，那个今晚见过的姑娘，他温柔的思绪在整夜的归途中与之嬉戏。她的眼中闪烁着未经世事的纯真与恐惧，却又如此的美丽而温暖！他轻声自语，仿佛在其耳边倾诉："吉娜！吉娜！亲爱的吉娜！迷人的吉娜！美丽的吉娜！"

回到房间，灯光重新亮起，自杂乱无章的小书堆中，他抽出一本红色封面的诗集；一行诗句突然跃然于脑海，那是一个片段，对他来说既美丽无比又充满爱意。他翻阅良久，直到找到它：

> 不要让我这样留在黑夜之中，留在痛苦之中，
> 你，我心中的挚爱，你，我月光般的面庞！
> 哦，你，我的磷光，我的蜡烛，
> 你，我的太阳，你，我的光明！

他在诗行间品味着酒的芬芳，多么美妙，多么真挚，多么神奇：哦，你，我的磷光！还有：你，我月光般的面庞！

他带着微笑，在高窗前徘徊，低吟着诗句，声音因深情

而变得柔和，仿佛在向远方的吉娜轻声呼唤："哦，你，我月光般的面庞！"

随后，他翻开那本终日携带的画夹，那本小巧珍贵的写生本，追溯昨日与今日的足迹。画面之中，一座锥形山丘被深邃的暗影覆盖，如一张痛苦欲裂的脸在沉默中呼喊；山坡之上，半月形的石泉在拱门的阴影下静静流淌，上方有一棵盛开了花朵的石榴树，放射出血色的光芒。每一笔，每一画，皆是他贪婪捕捉的瞬间，快速攫取的记忆片段，只为他自己读解，只为他自己书写，为其心中的秘密，自然与灵魂的交响。他继续翻阅，一幅色彩斑斓的水彩画映入眼帘：林中别墅如红宝石般璀璨，于绿意盎然的天鹅绒上熠熠生辉；卡斯蒂利亚的红色铁桥，镶嵌在蓝绿色的山峦之上，旁边是那紫色的堤坝，街道染上了玫瑰色的霞光。接下来的一幅，是那砖窑的烟囱，如红色火箭般矗立在凉爽明亮的绿树前，还有那蓝色的路标，布满稠密云朵的紫罗兰色天空。此画甚佳，他决意珍藏。遗憾的是厩房入口处的那幅作品，红褐色调在钢铁般的天空下更显生动，似有言语，似有表达；然而仅完成一半，当时太阳在画布上闪烁，刺痛了他的双眼。之后许久，他将脸浸泡在溪水之中。现在，棕红色与暴虐的金属蓝相互交织，呈现出独特的美感，没有丝毫的渲染或偏差使其虚假和矫作。此间，若无"死灰色"，便无法绘出这般效果。此处，隐藏着艺术的奥秘。自然的形态，其起伏，其厚薄，可被操纵，可被定义。人们应放弃所有模仿自然的卑劣手段。诚然，色彩同样可被篡改，可被强化，可被弱化，以无数种方式诠释世界，但若要用色彩来捕捉自然的微小片段，则应注意，色彩的搭配须精确至极，处于与自然一致的关系之中，处于与自然一致的张力之中。于此，我们仍依赖于自然，于此，绘画仍归属于自然主义，纵使我们选择用橙色代替灰色，用深茜红代替黑色。

如此，又一日被挥霍，留下成果寥寥。那绘有工厂烟囱和红蓝色调的纸页，或许还有那泉池边的写生。若明日天空阴沉，克林索尔将踏上前往卡拉比纳的旅程；彼处，浣衣女的工坊轻声诉说着劳作的故事。或许，雨丝将再次轻拂大地，彼时，他将选择留守家中，以油彩捕捉溪流景象。然而此刻，疲惫的躯体当沉入床榻之怀抱！时钟指针又静静指向了凌晨一点。

静谧的卧室中，他解开衬衫的束缚，澈水洒肩，水珠落地，轻敲红砖铺就的地板。克林索尔跃上高床，随即熄灭了孤独的灯光。窗外，萨卢特山的苍白轮廓入目，是他在夜之怀抱中无数次凝视的山影。一声猫头鹰的鸣叫从林谷的深处穿透夜空，深沉而空洞，如睡眠，如遗忘。

他闭目凝思，想到吉娜，想到浣衣女忙碌的工坊。哦，世界如此辽阔，无数景象皆待绘制，无数酒杯已然斟满！在这世上，岂有不可绘之景，岂有不可爱的女人？何须时光拘束，何须步履受限？缘何总是单调的序列，而非盛大的共舞，澎湃的合奏？缘何此刻又孤身一人，躺于空旷的床榻之上，如遗世独立的鳏夫，如风烛残年的老人？人生短暂而辉煌，当尽情享受，当尽情创造。而我们却始终一曲接一曲地吟唱，未尝有完整的交响，未尝有乐器与人声共奏齐鸣。

在遥远的往昔，十二岁的他，是那个拥有十条命的克林索尔。彼时的少年常玩强盗游戏，每个强盗各有十条命，若被追逐者的手碰到或标枪击中，便会失去一条。即便只剩下六条、三条，甚至一条命，仍有逃脱的可能，仍有自由的希望。当第十条命丢失，一切化为乌有。而他，克林索尔，却以用尽十命之全赌为荣，言若九命、七命而逃，将被他视为耻辱。他曾是那样的孩子，在那个不可思议的年代，世界对他而言没有难成之事、难越之障，人人皆爱克林索尔，克林索尔统领一切，拥有一切。他始终以此方式继续生活，始终以十条命激情地追逐燃烧。即便从未触及那完美的、激昂的交响，其生命之歌也未曾单调贫瘠。其琴弦之上总逾常人几分张力，火焰之中总逾常人几块熔铁，口袋里面总逾常人几枚银币，马车之上总逾常人几匹骏马！哦，感谢上苍！

黑暗的花园里寂静无声，沉如熟睡女子的呼吸，演绎生命的律动！孔雀这般尖叫，划破了夜的宁静，何其响亮，何其突兀！犹如火焰在胸腔中燃烧，心脏亦随之跳动，尖叫，痛苦，欢呼，流血。在这卡斯塔涅塔山上，夏日景色宜人，他如君王般屹立于古老而宏伟的废墟之中，傲视着脚下一片片栗子树林繁茂的脊背，从这个高贵的古老森林和城堡之巅贪婪地俯瞰，欣赏那五光十色的快乐玩具：工厂、铁路、蓝色的有轨电车、码头的广告牌、昂首阔步的孔雀、妇女、牧师、汽车。此等万象，在其胸中激荡起美好，激荡起痛苦，激荡起难以捉摸的情感，一种对生活中每一块彩色碎片的热爱与渴望，一种甜蜜而野性的冲动促使他去观察、去塑造。然而，他内心亦如透过一层薄纱，暗自知晓自己的行为有多么幼稚和徒劳！

短暂夏夜的热气徐徐退散，谷中翠色间蒸汽升腾。树木汁液如沸，无数梦想在克林索尔的轻眠中涌动，他的灵魂穿梭于生命之后的镜廊，每一幅画面皆在此处重现，每一次皆带来新的面孔、新的意义、新的联系，犹若星辰在骰盅中摇晃。

在众多梦境中，一幅图景令他沉醉且震撼：他躺卧于幽林深处，红发女子如瀑布般的秀发垂落其膝头，黑发女子依偎其肩膀，另有女子跪于其侧，轻吻其指尖。四围都是女子的身影，或稚气未脱，或美腿细长，或正值芳华，或风韵犹存，面容上带着智慧与疲惫。她们爱他，亦渴望得到他爱的回应。于是战火在女子间爆发，红发女子猛然揪住黑发女子的头发，拖至地面，自身亦随之倒下。女子们相互扑击，尖叫连连，彼此撕扯，相互撕咬，造成伤害，承受苦痛。笑声、怒吼与痛苦尖叫交织成一片混沌，血液四溅，指甲在血肉模糊之躯上刻下痕迹。

悲恸窒息之下，克林索尔暂时挣脱梦境的枷锁，双目圆睁，凝视着墙上那透光的洞口。梦中疯狂女子的面容，犹在眼前飘摇，其中许多他能辨识并呼其名：妮娜、赫尔米娜、伊丽莎白、吉娜、伊迪丝、贝尔塔。他的声音沙哑而破碎，犹如从梦境的深渊中挣扎而出，呼唤着："孩子们，停手吧！你们在欺骗我，你们在向我说谎。你们不应该相互撕扯，而应将矛头指向我，撕裂我！"

路 易

残酷的路易,那命运的使者,悄然降临在克林索尔眼前。他是克林索尔的旧日好友,一位永远漂泊的游子,一位性情如风的艺术家,居所是那向前奔驰的列车,画室是他随身携带的行囊。从天而降的美妙时光,温柔的风轻抚着每一寸土地。他们共同挥洒着画笔,在橄榄山①,在迦太基②。

"一切绘画到底有什么价值?"在橄榄山的葱郁之中,路易躺卧于草地,赤裸的身躯沐浴在阳光之下,背部被太阳晒得通红。"我们不过是在无奈之中挥动画笔,我亲爱的朋友。若膝上常有佳人相伴,盘中常有钟爱的佳肴,你又怎会拿这种疯狂的儿童游戏来折磨自己?大自然拥有着万千色彩,而我们却

---
① Ölberg,希腊语"ὄρος τῶν ἐλαιῶν"的德语翻译,意为"橄榄山",基督教传说中耶路撒冷附近的一个重要地点,耶稣在被钉十字架前的夜晚曾在此祈祷。(全书脚注均为译者注。)
② Cartago,古代北非的一个强大城邦,位于今天的突尼斯附近,曾是地中海地区的重要文明中心,以其海上贸易和军事力量而闻名。

执意将其缩减至二十种。此即所谓绘画。你永远不会从中获得满足,并且还要养活那些苛刻的评论家。然而,一碗鲜美的马赛鱼汤,亲爱的,再佐以一杯陈年勃艮第红酒,再来一份米兰风味的炸肉排,甜点是甜美的梨与戈尔贡佐拉奶酪,最后以一杯土耳其咖啡完美收尾——这才是生活的真谛,这些才是我们所追求的价值。在你们巴勒斯坦,人们的饮食是何等贫乏啊!哦,上帝,我愿化为一棵樱桃树,口中生出累累果实,而今早所遇的棕色皮肤的激动姑娘,恰立于我身旁的梯子上。克林索尔,放下画笔吧!我邀请你一同前往拉古诺①,享一顿真正的盛宴,现在正是时候。"

"果真吗?"克林索尔眨了眨眼,带着一丝好奇。

"千真万确。只是我得先去趟火车站。实不相瞒,我发了封电报给一位女友,告之我已病危,她将于十一点抵达。"

克林索尔含笑,从画板上撕下已经开始的写生画作。

"言之有理,年轻人。我们去拉古诺吧!快穿上你的衬衫,路易。尽管此地民风淳朴,但遗憾的是,你也不能裸裎

---

① Laguno,小说中虚构的一个地点,可能是基于瑞士或意大利的真实地名 Lago(意为"湖")的变体。

入城。"

他们步入小镇，向火车站而行，迎接一位美丽的女子。在一家餐厅中，他们尽情享用了一顿美餐。克林索尔，这位在乡村岁月中几乎遗忘了这些乐趣的人，惊见此等愉快而欢喜的事物依旧存在：鳟鱼、熏三文鱼、芦笋、夏布利葡萄酒、瓦莱杜尔葡萄酒、百帝王啤酒。

用完餐后，三人共乘缆车，飞越峻峭山城之巅，掠过屋脊、窗户与空中花园，景色如画，美到窒息。缆车往复，升降之间，世界奇幻绚烂，色彩斑斓，带点神秘，似真似幻，美得令人赞叹不已。只是克林索尔略显拘谨，他强装镇定，唯恐沉醉于路易女伴那迷人魅力的旋涡之中。他们再次步入咖啡馆，随后又来到午间空旷的公园，躺卧于水边巨树的阴凉下。眼前诸景，皆宜以画笔定格：深绿树丛中，房屋如红宝石般闪耀，蛇形树和冠状树错落交叠，披盖着蓝色和棕色的锈斑。

"路易，你绘出许多可爱与有趣之物，"克林索尔说道，"我喜欢你所有的创作：那些旗杆、小丑、马戏团。不过，最触动我内心的是你所绘的《夜色旋转木马》中一处微小的局部。你是否记得，紫色帐篷顶端，在远离万家灯火的高远夜空中，有一面飘扬的轻盈小旗，其粉红色之姿，如此娇艳，如此清新，如此孤寂，那是一种令人心碎的孤独！就像李太白或保罗·魏尔伦①笔下的诗篇。在这面憨态可掬的粉色小旗上，写满了世间所有的痛苦和绝望，也写满了对于痛苦和绝望的温柔嘲讽。你将此旗绘入画中，使它成为你生命的印记，我由衷地赞美你，因为这面粉红色的小旗。"

"是的，我知道你喜欢。"

"你自己也很喜欢吧。"克林索尔的目光穿透了话语，直视路易的内心，"你瞧，若非你用画笔捕捉了那些瞬间，那么所有的盛宴、琼浆、佳人与香浓的咖啡，对你而言，不过是虚妄的幻影，你将沦为一个贫穷的恶魔。但现在，你是一个富足的恶魔，一个令人心生喜爱的家伙。听我说，路易，我也常想：我们所有的艺术不过是一种替代，一种艰辛而代价沉重的替代，付出十倍的代价试图填补那些失去的生活、野性和爱情的空白。然而真相远非如此。若将精神视为感官的暂时替代，实则是对感官的高估。感官并不比精神的价值多一丝一毫，反之亦然。一切皆为一体，一切皆同样美好。无论是拥抱一个女

---

① Paul Verlaine（1844—1896），法国象征主义诗人，19世纪法国最著名的诗人之一，以其独特的诗歌风格和对现代诗歌的影响而闻名。

人,还是作一首诗,都是一样的。只要爱、热望和激情这些核心存在,无论是隐居于阿索斯的僧侣,还是生活在巴黎的俗人,皆没有区别。"

路易的目光从那双惯于嘲讽的眼睛中缓缓移开,仿佛审视着克林索尔的灵魂:"年轻人,不要这么装腔作势!"

他们陪伴着美丽的女士,漫步于周边的世界。他们共享着敏锐的洞察力,这是二者之间的默契。在小镇与村庄的环抱中,他们看见了罗马、日本以及南太平洋,又以戏谑的手势轻易将这些幻象戳破;他们的心境如同点燃的星辰,又在转瞬间熄灭。在星光璀璨的夜晚,他们使自己的光芒与星光交织,升腾于无垠的夜空。世界如同肥皂泡般虚幻,如一场歌剧,一场欢乐的无稽之谈。

路易,那自由的鸟儿,骑着单车于群山间穿梭,时而现身于此,时而隐没于彼,而克林索尔则沉浸于作画中。有时,他愿意放下手中的画笔,只为与路易共度数日光阴,但更多的时候,他固执地坚守于户外,继续他的创作。路易则不愿被工作束缚,忽与女友结伴而去,自远方寄回一张明信片。在克林索尔几乎放弃等待之时,路易又忽如幽灵般出现于门口,头戴草帽，敞开衬衫，仿若未曾离开。于是，克林索尔再次在青春之杯中品尝到了友谊的甘露。他有众多爱他的朋友，他也曾向他们敞开心扉，展示热情，但在这个夏日，唯有两位朋友能从他的唇边听见心声——画家路易，以及那位被尊称为杜甫的诗人赫尔曼。

有几天，路易坐在田野中的画椅上，在梨树的阴影下，在李树的阴影下，并未执笔作画。他只是坐着，沉思着，将纸张固定在画板上，写一封又一封的信。在这些书信上倾注心血之人，终将会找到幸福吗？他努力地书写，路易那个无忧无虑的人，其目光在纸上痛苦徘徊，历时一个钟头。他的笔下，藏着许多未言之事。正是这点，让克林索尔十分喜欢。

克林索尔则截然不同。他无法保持缄默，无法隐藏情感的洪流。尽管生活的隐痛鲜有人知，他却令周遭的人深感其沉重。他常被恐惧与忧郁缠绕，陷入黑暗的幽井，那些早年的阴霾会时不时地侵袭其生活，将光明吞噬，使万物失色。于斯时刻，路易的面庞便成为慰藉。有时，他会向路易敞开心扉，倾诉那深藏的痛苦。

但路易并不喜欢这些脆弱。它们折磨其灵魂，索要其怜悯。克林索尔习惯了在朋友面前表白内心，当他意识到会因此失去对方时，为时已晚。

路易再次谈到别离。克林索尔心知，只能挽留这位朋友数日的时光，或许不过三日，或许不过五日；或许突然间，路易便会展示那已经打好的行囊，转身离去，留下漫长而空白的时光不再回来。生命是多么短暂，一切皆难以挽回！他唯一的知己，唯一读懂其艺术的朋友，曾在艺术上与他并肩同行。然而，自己的行为却令他的热情冷却，令他受到惊吓和困扰，只因自己的脆弱与懒惰，只因那些不成熟的索求。他曾经以为，对朋友无须刻意，无须保留，无须顾及形象。多么愚蠢，多么幼稚！克林索尔在自责中叹息，但时光已无法倒流。

最后一天，二人偕行于金色山谷之中，路易心怀欢畅，于他那自由如鸟的灵魂，启程是生活最美的乐章。克林索尔亦被这快乐感染，重拾往昔轻松、欢愉、不羁的谈笑，紧紧抓住，不再放手。傍晚时分，他们在旅馆花园中落座。他们品尝着烤鱼、蘑菇饭，还在桃子上淋了马拉斯奇诺樱桃甜酒。

"你明日要去往何处？"克林索尔问道。

"我也不知道。"

"去追寻那位佳人吗？"

"嗯，或许吧。谁知道呢？别再问了。最后，让我们以一杯上好的白葡萄酒饯别吧。我提议纽伊堡酒。"

他们正举杯共饮，路易忽然高声喊道："老海豹，别为我的离去难过。有时候，坐在你身侧，如此时此刻，我会突然冒出荒谬的念头。想象我们这两位画家，成为祖国的荣耀，然后我感到膝上有一种可怕的重压，仿佛我们已被铸成青铜，注定手握着手，永世矗立于纪念碑上，你知道的，像歌德和席勒那样。他们不得不一直站着，青铜之手相牵，变得沉重，令人厌恶，但这并非二人的过错。或许他们亦曾为光芒万丈的青年，我读过席勒的一篇文章，真的很棒。然而，他如今却变成了一尊著名的雕像，不得不与其双生兄弟并肩而立，雕塑头像紧挨着雕塑头像，他们的作品无处不在，被学校当成教材。这何其恐怖。想象一下，一百年后，一名教授会如何向文法学校的学生们讲授：'克林索尔，生于1877年，与同代的绘画革新先锋路易并称艺坛双璧。路易有饕餮客之名，他的作品跳出了自然主义的框架束缚。深入研究后会发现，他们二人的艺术轨迹可划分为三个截然不同的时期！'亲爱的，我宁愿今日走到火车头底下。"

"如果教授们也在这火车头底下，那就更好了。"

"恐怕他们找不到那么大的火车头。你也知道，我们的技术有多落后。"

星辰已在夜幕的织网中闪烁。突然，路易轻触朋友的杯沿。

"那么，让我们举杯，干了这杯酒。然后我就骑上单车，挥别这段时光。但不要有漫长的告别！老板那儿我已经结过账了。干杯，克林索尔！"

他们举杯相碰，一饮而尽，路易在花园中跃上单车，挥动帽子，渐行渐远。夜色如墨，星辰闪烁。路易抵达了中国。路易成为传奇。

克林索尔无奈地笑了笑，心中满是对这位候鸟朋友的深情。他在客栈花园的碎石路上徘徊良久，凝望着空无一人的街道。

卡雷诺日

克林索尔与在巴雷尼奥的挚友,还有奥古斯托、埃西莉亚,共赴卡雷诺的徒步旅行。他们在清晨的微光中启程,穿行于散发着芬芳的石楠花丛间,被森林边缘那些尚未干透的蜘蛛网轻柔地触碰。沿着陡峭而温暖的林径,徐行至潘潘比奥山谷,黄色街道上那明黄色的房屋在夏日的慵懒中沉睡,绵软倾斜,半梦半醒。而在干涸的小溪旁,柳树泛着金属的白色光泽,枝条沉沉悬挂于金色的草地之上。这群朋友花枝招展,走过粉红色的街道,穿越绿意蒸腾的山谷:男人们身着白黄亚麻丝绸,女人们身着白粉衣裙,埃西莉亚的维罗纳绿色阳伞,如魔法戒指上的璀璨宝石,在阳光下闪耀。

医生以他那充满慈悲的声音,忧郁地叹息道:"真是遗憾,克林索尔,你那些绝美的水彩画十年后将会褪色;这些你钟爱的色彩,终将消逝。"

克林索尔回答:"的确,更糟糕的是,你这头美丽的棕发,

克林索尔的最后一个夏天

医生,十年后也将变白,不久之后,我们美丽快乐的骨头将散落在地球某个角落的一个洞里。不幸的是,其中也包含你健康美丽的骨骼,埃西莉亚。孩子们,我们不愿等到生命的暮年才学会理智。赫尔曼,李太白曾如何吟咏?"

诗人赫尔曼停下了脚步,缓缓说道:

> 生命快如闪电,
> 光芒转瞬即逝。
> 若天地永恒不变,
> 时光又如何在人们的脸庞上飞逝。
> 哦,你呀,面前满溢的酒杯却未尝一滴,
> 哦,告诉我,你还在等待什么?[①]

"不,"克林索尔说,"我指的是另一首押韵的诗,那首'朝如青丝暮成雪'——"

赫尔曼随即念道:

> 朝如青丝暮成雪,

[①] 李白《对酒行》:"浮生速流电,倏忽变光彩。天地无凋换,容颜有迁改。对酒不肯饮,含情欲谁待?"

人生得意须尽欢,

莫使金樽空对月。

克林索尔放声大笑,声音略显沙哑。

"好一个李太白啊!他似乎预知万物,洞悉万象。我们也知道,他是我们智慧的长兄。此等醉意朦胧的时光定会令他欢喜,正是这样的日子,在宁静的河上,李太白于夜舟中逝去。你们将会看到,今日一切皆美妙无比。"

"李太白是怎么死于河上的?"女画家好奇地探问。

可埃西莉亚打断了她,温和深沉地说道:"不,到此为止吧!如果谁再论及死亡与消逝,我便不再爱他。别再说这件事了,残忍的克林索尔!"

克林索尔笑着走到她面前:"你说得极是,我的宝贝!若我再提及死亡,你便用你的阳伞刺戳我的眼睛。但请相信,今日实在美妙绝伦,亲爱的朋友们!今日有鸟儿在歌唱,那是童话中的旋律,我在清晨便已听到它们的和鸣。今日有风轻拂,那是童话中的微风,是天空之子,唤醒了沉睡的公主,也唤醒了我们的灵魂。今日有花朵绽放,那是童话中的奇花,一生一放，谁若摘得便能获得永恒的祝福。"

"他这是何意？"埃西莉亚问医生。

克林索尔察觉了其疑问。

"我的意思是：今日之光阴永不复至，若未能在这片美好中寻得欢愉，未能品尝其甘甜，未能嗅闻其芬芳，那么将永远不会再有第二次机会。太阳永不会重现今日的光芒，它在天空中占据着独特的星位，与木星、与我、与奥古斯托、与埃西莉亚，以及我们每一个人都有着特殊的联结，此等联结千载难逢，千年内不会再次降临。因此，我要快乐，我愿走到你的左边，为你撑起那把维罗纳绿色的阳伞。在它的光线之下，我的头颅将如欧泊[①]般璀璨。而你，也应加入我们，唱出心中最美的歌。"

他挽起埃西莉亚的手臂，那张棱角分明的面庞在蓝绿色的伞影中更显柔和，他爱上了这把阳伞，为其明亮而甜美的色彩感到心醉。

[①] Opal，蛋白石，一种具有变彩效应的宝石，被西方人奉为世界六大宝石之一。

埃西莉亚唱了起来：

> 我的父亲不愿，
> 让我嫁给一名轻步兵[①]——

其他人的和声随之融入，他们边行边歌，向着森林深处。踏入葱郁的林间，直至坡度变得过于陡峭，道路如同梯子般直上云霄，穿越蕨类植物，通往巍峨的山峰。

"这首歌是何等纯粹而动人！"克林索尔赞叹，"父亲一如既往地反对爱情，于是他们用锋利的刀刃结束了父亲的生命。他们在夜幕下执行此行动，除了月亮，无人在场，月亮不会背叛，星星也保持了沉默，亲爱的上帝会宽恕他们的罪行。这场景是何等凄美而真挚！当今诗人若如此写作，定会被乱石砸死。"

在阳光照耀的栗树的树荫下，一行人沿着狭窄的山道蜿蜒而上。克林索尔抬头仰望，他看见女画家的纤细小腿在透明

---

① Bersaglier，意大利著名的轻步兵部队，全称为Bersaglieri，最早由拉马尔莫拉（Alessandro La Marmora）于1836年创立。作为一种快速机动的轻步兵部队，专门执行侦察、突袭和其他高机动任务，标志性装扮为戴有黑色公鸡羽毛的军帽。

丝袜下透出淡淡的红润光泽。他转身回头看，是埃西莉亚漆黑的发顶上撑起的那把维罗纳绿色的阳伞。伞下的她，身着紫绸，成为队伍中唯一的深色。

一间蓝橙相间的农舍旁，绿色的夏日苹果躺在草地上，释放着凉爽与酸涩的气息，他们品尝了一口。女画家热情地讲述了一次塞纳河畔的郊游，那是战前往事，发生于巴黎，那座充满幸福回忆的城市！

"这一切都将永不再现，永远消逝。"

"也不该再有往昔的重现，"画家激烈地反驳，愤怒地摇晃着他那棱角分明的鹰头，"一切都不应再来！这不过是孩童的愿望！战争将从前的一切都映衬为天堂，即使是那些曾经微不足道、愚蠢至极的瞬间。确实，巴黎很美，罗马很美，阿尔勒也很美，但此时此刻的景致难道不美吗？天堂并非只存在于巴黎，也并非只存在于和平年代，天堂就在此处，就在这山巅之上。再过一个小时，我们便置身其中，被上帝告知：你我今日将一同在天堂。"

他们步出斑驳林影，步入阳光大道。道路在热浪中蜿蜒，如蛇般盘旋上升。克林索尔戴着深绿墨镜，护目缓行，时而驻足，赏人物之动态、色彩之交响。他故意未携画具，亦无速写本随行，然而他的心却为这瞬息万变的画面所俘获，频频停留。他的影子孤独矗立，如红色街道上、洋槐林边缘的一抹白色幻影。山间暑气氤氲，光线自天际倾泻，色彩从大地蒸腾而出，幻出万千姿态。远山之上，村落点缀，绿与红交织，淡蓝的山脊如波纹般铺展，更远处绵延着更亮、更蓝的山脊，直至雪山水晶般的尖峰。在刺槐与栗树之上，沙鲁特的岩脊与驼峰恣意而威武地挺立着，泛着红色和浅紫的光泽。然而，在这无尽美景之中，最为动人的是那些身影，他们在绿意中如同花朵般绽放，维罗纳绿色的阳伞如一只巨大的甲虫般发光，伞下是埃西莉亚的乌发，映衬着白皙纤细的女画家，还有她红润的面庞以及其他旅伴的缤纷。克林索尔用贪婪的目光汲取着一切，然而心绪却飘向远方的吉娜。一周后，他才能再次与她相见。她在城中的办公室里，指尖跳跃于打字机上，他鲜少见她，更不曾与她独处。他爱她，这份爱，她浑然不觉，她不认识他，不理解他，于她，他不过是只罕见的、神秘的鸟儿，一个陌生的知名画家。奇怪的是，他的欲望却始终缠绕在她身上，其他爱情皆无法与之比拟。他不习惯为爱跋涉千里，但为了吉娜，他愿意踏上这段旅程，为了与她共度一小时，握住她纤细的手指，将鞋子推至她的脚下，在她的颈项上轻轻一吻。他沉醉于此般思绪,步入了荒诞的迷宫。这是转折的开始吗?是衰老的征兆吗?还是这仅仅是一个四十岁男子对二十岁少女的渴望?

抵达山脊,一片崭新的景象铺展开来:杰罗诺山巍峨而神秘,由无数峻峭的金字塔与锥形山峰交织构成,阳光从背后斜斜洒落,赋予每一座高原以珐琅般的光泽,在深紫色的阴影中若隐若现。远近之间,空气波光闪烁,那细长的蓝色湖湾,在森林的绿焰中静静地休憩,它的深邃似乎无穷无尽,直至消失在看不到边际的远方。

山脊之上有一处小巧的村庄:一座带有小屋的庄园,四五间涂成蓝粉色的砖房,一座小教堂,一个喷泉,几棵樱桃树点缀其间。阳光下,喷泉旁,一群人停下了脚步,克林索尔继续前行,穿过拱门,走进一间阴凉的农舍,只见三座淡蓝色的房子高高耸立,只有几扇小窗,房子与房子之间草地与碎石交错,还有一头山羊、一些荨麻。一个如同山间精灵的孩子,从他身旁掠过,他以巧克力为饵,诱她驻足。他揽过她,轻抚她,给她喂食。那羞涩而美丽的生灵,一个黑色头发的小姑娘。她一双黑色的动物眼眸中充满了惊恐,纤细赤裸的双腿闪着棕色的光泽。"你住在哪里?"他轻问。孩子跑向隔壁的一扇门，那门开在房屋夹缝之间。一位妇女，孩子的母亲，从昏暗的石屋中走出，仿佛从时光的深处走来。她也拿了点巧克力。棕色颈项从脏旧的衣物中探出，一张被阳光雕琢的坚韧脸庞，宽阔的嘴唇，大大的眼睛，带着原始而甜美的魅力。女性与母性的特质在她的亚洲面孔上沉默而显著地舒展。他俯身向她，带着轻佻的诱惑，她却以笑意回避，将孩子推至其间。他继续前行，决心再次归来。这个女人，他想将其绘于画布之上，或是成为她的爱人，哪怕只有短暂的一小时。她，是母亲、孩子、爱人、野兽、圣母，是万物。

他缓步融入人群之中，心怀对梦境的无尽向往。那座庄园荒废而静谧，古老的石墙上刻画着岁月的伤痕，炮弹的残片镶嵌其间。一条蜿蜒的石阶，穿过丛生的灌木，引向林间与山丘。山顶有一座纪念碑孤独地守望着一尊巴洛克风格的半身雕像。雕像身着华伦斯坦的装束，卷曲的头发，波浪般的山羊胡，在阳光下显得神秘莫测。正午时分，山间弥漫着一种幽灵般的气息，幻想与现实交织，世界仿佛被调至一种遥远而神秘的音律。克林索尔在喷泉旁俯身饮水，一只蝴蝶翩翩飞至，轻吮着喷泉边缘溅起的水滴。

山脊之后，山路继续蜿蜒，穿梭于栗树与胡桃树的荫蔽之下，阳光透过叶缝，洒下斑驳的光影。在道路的一个转角，静默地伫立着一座年久失修的小教堂，其内壁龛中的古画已褪去了昔日的光彩，圣像的面容既似天使般纯净，又如孩童般天真，只残存一小片红棕色圣袍，其余部分已破碎不堪。克林索尔对那些不经意间遇到的古老画作情有独钟，他沉醉于这些壁画中，欣赏这些美丽作品回归尘土和大地。

又是一处树木，又是一丛藤蔓，又是一条明晃晃的道路；又一个弯道之后，目的地在眼前猝不及防地显现：一座黑暗的门廊，一座红色石头砌成的高大教堂，欢快而自信地耸入云霄。这是一个充满阳光、尘土和宁静的地方，红色的烧焦的草地在脚下干裂，明艳的墙壁反射着正午的阳光，立柱上的雕像在烈日下若隐若现，一圈石栏围绕着宽阔的广场，上方是无尽的蔚蓝。在那后面便是卡雷诺村庄，褪色的棕色砖块之下，是那古老、狭窄、阴暗的撒拉森式建筑，压抑而梦幻的狭窄小巷黑雾弥漫，小广场突然在白色阳光下尖叫起来，似非洲，似长崎；远处是茂密的森林，下方是蓝色的悬崖，上方飘浮着洁白、肥厚、生机勃勃的云朵。

"有趣的是，"克林索尔道，"人要花上多长时间才能略微领悟这世界之奥秘！多年之前，我曾踏上前往亚洲的旅程，夜幕之下，特快列车飞驰而过，途经距此地或许六公里，或许十公里之处，而我却对此一无所知。我渴望在东方找到一切，仿佛那是命运的召唤。然而，如今在此处，我也找到了亚洲的丛林、炎热、美丽而神秘的陌生人、炽烈的阳光、神圣的土地——所有这些，竟近在咫尺。我们总以为需要跨越重洋才能体验世界之广阔，却未曾想到，一天之内便可探访三个地方。它们就在这里。欢迎来到印度！欢迎来到非洲！欢迎来到日本！"

朋友们认识一位居住于此的年轻女子，克林索尔对她充满了期待和好奇。他将女子唤作"山之女王"。在童年时期的书中，他曾经读到过这个出自东方故事的神秘名字。

怀着满腔的期待，一队人缓缓穿过被蓝色阴影笼罩的幽深街巷，四周寂静无声，既无人影，亦无鸡鸣犬吠。然而，在一座拱形窗户的朦胧暗影中，克林索尔瞥见一个静默的身影。那是一位拥有黑色瞳眸的美丽少女，黑色头发上束着红色头巾。她的目光悄然而坚定地锁定在这位过客身上，与其目光不期而遇，男人与少女，彼此深深地凝视，目光中充满了严肃的默契，两个陌生的世界在一刹那紧密相连。随后，二人相视一笑，那是短促而亲密的微笑，是两性之间永恒的问候，饱含着古老、甜蜜、贪婪的敌对。陌生男人迈步前行，消失于房屋的转角，而少女的心中却永远留下了他的身影，成为众多画面中的一幅、众多梦境中的一个。在克林索尔那永不满足的心中，有一种难以言喻的刺痛，他犹豫了片刻，几乎想要转身回去，却被奥古斯托的呼唤拉回现实，埃西莉亚的歌声随之响起。墙影渐渐消散，一个明亮的小广场展现于眼前，两座黄色的宫殿在迷幻的正午阳光中静静伫立，狭窄的石台，紧闭的商店，为歌剧之序幕搭建了华丽的舞台。

"大马士革到了，"医生高声宣布，"法特梅，女中珍珠，她住在哪里？"

出乎意料的是，回答竟来自那座小点的宫殿。自半掩的阳台门后，自冷冽的黑暗之中，跃出一个奇异的音调，随即同样的音调再次响起，回荡十次，后提八度，再十次——那是一架正在调音的钢琴，一架充满音符、能够歌唱的三角钢琴，在大马士革的中心奏响。

无疑，此地便是她的居所。然而，房屋似乎未曾设门，只有一堵粉黄色的墙壁，墙上有两个阳台。在山墙的灰泥间隐约可见一幅古老壁画：蓝色、红色的花朵和一只鹦鹉。这里本该有扇彩绘的大门，等待着被敲响三下，并说出所罗门钥匙的暗语，彩绘之门缓缓开启，迎接远道而来的旅人。门后飘来一股波斯精油的香气，纱帘背后，山之女王端坐在宝座之上。奴隶们在女王脚下的台阶上匍匐，门上的鹦鹉喳喳叫响，飞落到女主人的肩上。

他们在一条侧巷中发现了一扇隐蔽的小门，门旁狂野的钟铃发出恶魔般的尖叫。通向上方的台阶狭窄如梯子。无法想象，三角钢琴是如何被搬运进房间的。通过窗户？通过屋顶？

一只巨大的黑狗狂吠着冲下台阶，身后跟随着一只金毛小狮子犬，它们的到来伴随着一阵喧嚣，楼梯此时也咯吱作响，接着传来的是三角钢琴的乐音，同样的旋律重复了十一次。柔和甜美的光线从玫瑰色的房间里如波浪般涌出，房门砰然关上。是一只鹦鹉吗？

突然之间，山之女王翩然而至，身姿苗条而充满力量，如同盛开的花朵，挺拔而柔美。她身着一袭红衣，犹如熊熊燃烧的烈焰，是青春的化身。在克林索尔眼前，往昔百幅心爱的画面闪过，而她这幅新的形象，以其光芒点亮了世界。他立刻意识到，须将其画下，不是肉身的轮廓，而是她身上的光芒，是他所感知到的诗歌，那甜美而辛辣的旋律——青春、红色、金发、亚马孙女战士。他渴望长久将其凝视，整小时、数小时，观察她行走的姿态、静坐的优雅、笑容的嫣然，或欣赏其舞蹈，聆听其歌声。今日已然完美，已然获得其意义。无论未来如何，皆是命运之馈赠，皆是额外之恩典。世事总是如此：奇遇从不孤单，总有鸟儿先至，总有征兆与迹象预示其到来，如同门下那亚洲女子母兽般的目光，如同窗后那美丽的黑发村女，以及这样或那样的种种迹象。

在那一刻，他的心中掠过一阵悸动："若我能倒回十年，仅仅十年，她便能俘获我，引领我，令我在其指尖的旋律中起舞！然而，你太过年轻，小小的红色女王，于我老巫师克林索尔来说，你的青春太过耀眼！他会赞美你，铭记你，用画笔捕捉你的光芒，永远记录你青春的赞歌；但他不会为你踏上朝圣之旅，不会为你攀登险峻的阶梯，不会为你陷入罪恶的深渊，也不会在你美丽的阳台下弹奏夜曲。不，遗憾的是，他不会这样做，老画家克林索尔，那个年老的傻瓜。他不会爱你，不会像凝视亚洲女子那样深情地看着你，亦不会像欣赏窗边黑发女子那般渴望着你。于她们，他或许尚不算老；但于你，山之女王,山间朱花,他已感岁月之重。克林索尔所能给予之爱,于其一日劳作和一夜红酒之后,对你而言,远不足矣。所以就让我的双眼更贪婪地吞噬你的美丽,纤细的火焰,而当你于我之热情逐渐冷却,我心中自会明白。"

踏着石砌的地板,穿越一个个房间和敞开的拱门,人们步入一间大厅,巴洛克式的繁复浮雕在高门上闪烁,深色的门楣上绘有海豚、白马和玫瑰红色的爱神,他们在熙攘的神话海洋中畅然浮游。大厅空旷,只有几把椅子与钢琴残片,此外别无他物。有两扇门扉诱人至两个小巧的阳台,可俯瞰光芒万丈的歌剧院广场,而在对面角落是邻接宫殿的阳台,那里也饰有画作,一只丰满的红雀宛如金鱼般在阳光中游弋。

众人不再向前走,而是在大厅的长桌上摆上备好的盛宴,杯中盛满了来自北方的珍贵白葡萄酒,那酒液宛如一把钥匙,开启了往昔记忆的大门,令人微醺,沉醉于无尽回味中。钢琴调音师早已离去,留下了一架无声的三角钢琴,琴弦裸露,沉默如谜。克林索尔凝视琴弦,沉思良久,轻合琴盖。他的双目因劳顿而隐痛,但内心却充满了夏日的旋律,撒拉逊母亲之古老歌谣,卡雷诺蓝色之膨胀梦境。欢声笑语背后,其脑海中仍绘图不息,其目光环绕着石竹,环绕着火焰之花,如水流环绕着游鱼。他的大脑中坐着一位勤勉的编年史官，精记着形状、节奏、动作，如在钢柱上镌刻下永恒。

大厅空旷，笑语欢声于其间回荡。医生的笑容含睿智与亲切，埃西莉亚的笑容透着深沉与温暖，奥古斯托的笑声显得强烈而朴实，女画家的笑声则轻盈而灵巧，如振翅欲飞的小鸟。诗人的话语机智而风趣，克林索尔谈吐诙谐，散发着迷人的魅力。红色的女王于宾客间优雅穿行，目光敏锐，微带羞涩，忽而在此，忽而在彼，或立钢琴前陷入沉思，或蹲在软垫上切割面包，以其纯真的少女之手，为宾客们斟满一杯杯美酒。欢乐之声响彻冷清的大厅，黑眸、蓝眸皆闪烁光芒，而在明亮宽敞的阳台前，灼热的正午正呆呆站岗守望。

美酒醇厚，倾入杯中，冷盘朴素，相得益彰。女王的红衣于高高的大厅中流淌光芒，吸引着所有男人明亮而热切的目光。她消失了，又再次出现，系着一条绿色胸巾。她再次消失，又再次出现，裹着一块蓝色头巾。

餐后，人们心怀满足与疲惫的喜悦，欢快启程，步入葱郁森林，躺在柔软的青草和苔藓之上。阳伞在阳光的照耀下闪闪发光，草帽下的脸庞在阳光下亦显得神采飞扬，炽热的太阳在湛蓝的天空中燃烧着。山之女王身着红装躺卧在绿茵地上,细长的脖颈仿若从火焰中升出,高跟鞋衬得其纤细的足踝分外妩媚、迷人。克林索尔靠近她,阅读她,研究她,感受她,如儿时读关于山之女王的魔幻故事,与其共同沉浸于无际的想象中。他们休息,他们沉睡,他们交谈,他们与蚂蚁嬉戏,误以为听到了蛇的咝咝声,带刺的栗壳偶然留在了女人的发丝之间。他们念及未至的挚友,应共此妙时的伙伴。人虽不多,但每一位皆弥足珍贵,含克林索尔之友、旋转木马与马戏团之画家——残忍的路易,那充满幻想的灵魂,其身影似在聚会上空徘徊。

整个下午,如在天堂悠游春秋一载。众人含笑着相互道别,克林索尔将一切美好深藏于心间:女王、森林、宫殿与海豚大厅、两只狗、鹦鹉。

欢声笑语中,众人沿山路蜿蜒而下。他的心情如同在那些自愿停下脚步的日子里,被一种难言的快乐与沉醉所俘获。克林索尔与埃西莉亚、赫尔曼及那位女画家手牵着手,在这阳光灿烂的街道上,他们尽情地舞蹈、歌唱,天真地沉浸于笑话与文字游戏的欢乐之中,放声大笑。克林索尔跑到前面躲藏,准备突然出现,为朋友带来惊喜与欢笑。

随着他们脚步的加快,太阳似乎也在急匆匆地向西山滑落,未至帕拉扎托,已隐于层峦叠嶂之后。山谷之下,夜幕悄然降临。众人在交错的小径中迷失了方向,他们走得太远了,饥疲交织成难以挣脱的大网,迫使他们放弃晚间计划:漫步穿越柯恩至巴雷尼奥,于湖畔村栈中享受丰盛的鱼宴。

"亲爱的朋友们,"克林索尔在路边的一堵矮墙上坐下,缓缓说道,"我们的计划本是如此美好,能在渔夫的小屋或多洛山的脚下享用一顿丰盛的晚餐,定会让我心怀感激。但我们的步伐估计完不成计划,至少我已经无法前行。我感到疲惫与饥饿,不愿再迈出一步,除非是向着前方不远的酒馆。那里有美酒和面包,于我已是世间至宝。谁愿与我同行?"

伙伴们纷纷响应,一同踏上了寻找酒馆的旅程。他们终于找到了那个隐匿于陡峭山林中的小小天地,狭窄的露台被树木绿荫环绕,凳与石桌静候着旅人的到来。店主从石窖中取出了清凉的葡萄酒还有面包。此刻,他们静静地坐着,享受食物,对这份宁静时光充满了感恩。高大的树木背后,白日逐渐隐去,山脉的蓝色转至深邃的黑色,红色的道路在夜色的笼罩下变得苍白而朦胧。偶尔,夜行的车辆划破寂静,狗吠从远方传来,天上的星辰与地上的灯光时隐时现,彼此之间难以分辨。

克林索尔幸福地坐着,休憩,凝望夜幕,慢食黑面包果腹,静品蓝杯中的酒液。饱餐之后,他再次聊天、唱歌,随歌中节奏摇摆,与女伴们打闹嬉戏,闻嗅其头发的香气。美酒于他,是抚慰心灵的良伴。这老练的诱惑者,轻松地拒绝了继续前行的提议,他倒酒、碰杯,温柔邀更多酒液至欢宴。渐渐地,那五彩斑斓的魔力从蓝色的土杯中升起,象征着短暂的生命,改变着世界,为星辰和灯光着上了神秘的色彩。

他们高坐秋千上,随秋千荡漾,飘浮在日与夜的深渊之上,如金色笼中的鸟儿,无拘无束,轻盈如风,面向璀璨的星空。众人歌唱,与鸟儿共鸣,唱出异国情调与旋律。心于沉醉之中遨游,幻想夜晚,幻想天空,幻想森林,幻想那充满疑问和魔力的宇宙。回声于星与月间回荡,自树木和高山传来,歌德与哈菲兹同在,埃及的热风与希腊的芬芳扑面而来,莫扎特在微笑,雨果·沃尔夫[①]在狂夜中弹奏钢琴。

[①] Hugo Wolf(1860—1903),奥地利作曲家,被认为是德奥艺术歌曲的重要代表人物之一,以诗人的诗歌为基础,创作了许多优美的艺术歌曲,其中包括艾辛多夫的诗作。

巨响震彻天地，光芒划破夜空：灯火通明的火车于众人脚下穿越地心，驶向那隐藏于山林深处的夜色之中。某处教堂的钟声响起，宛如天界呼唤，回荡在宁静的夜空中。半轮月亮悄悄升起，悬于桌前，倒映在暗色葡萄酒中，将黑暗中一位女子的唇和眼照亮。月亮带着微笑，继续在夜空中攀升，为闪烁的繁星歌唱。残忍的路易的幽魂孤坐在长凳上，默默地写信。

克林索尔，黑暗之君，头戴高冠，背倚石座。他指挥着世界的舞蹈，打出节拍，召唤月亮，令铁轨消失于夜色，如天边星辰陨落。山之女王，她去往何方？树林里没有一声翅膀的响动，远处羞怯的小狮子犬难道已默然无声？她不是刚戴上蓝色头巾吗？喂，古老的世界，你要小心，切莫倾颓！此处乃森林，彼方为黑峰！保持节奏！星星，你们是多么湛蓝，多么鲜红，正如民歌中所唱："你那红眼与蓝唇！"

绘画，这美妙的艺术，是孩童们纯真而可爱的游戏。它捕捉着生命的瞬间，将梦想和现实交织。而更加宏伟、强大的是，它指挥星辰，将自己血液的律动、视网膜的色环投射到世界之中，让灵魂的震动在夜风中自由荡漾。走开吧，黑山！化作莫测的风云，飘向遥远的波斯，洒下万千的雨滴于乌干达上空！随我来，莎士比亚之魂，于日日雨丝之中吟诵醉人的雨中旋律！

克林索尔吻一双小小的女子的手，倚在另一女子轻柔起伏的胸前，桌下另有一只脚在挑逗。他已无法分辨那是谁的手脚，只觉被温柔环绕，感谢这焕新的古老魔力：他依然年轻，远未达生命之终点，光芒与魅力犹存。善良而羞涩的女人们，其爱与信任仍环绕在克林索尔身边。

他的心情愈加振奋，像被欢乐的火焰点燃。他以一种轻柔而充满韵律的声音开始叙述，一部宏大的史诗，一段动人的爱情，抑或一场通往南太平洋的奇幻之旅，他与高更和罗宾逊[①]为伴，发现了鹦鹉之岛屿，建立了自由的国度。万千鹦鹉于暮色中闪烁，蓝色的尾翼倒映在翠湾中！鸟鸣与猿啼交织，如同雷鸣般迎接克林索尔，宣布自由国度的诞生。他委托白色金刚鹦鹉组织内阁，与忧郁的犀鸟一同品尝椰壳杯中的棕榈美酒。哦，那些夜晚的月亮，幸福夜晚的月亮，在芦苇丛中的竹屋上高悬！她名叫库尔·卡鲁阿，一位羞涩的棕色公主，身影修长，姿态优雅，四肢纤细。她在蕉林中漫步，蜜一样的光泽在巨叶下闪烁，温柔的脸庞上嵌着鹿一般的双眼，背部强健

---

① 即保罗·高更和西奥多·罗宾逊，两人都是19世纪印象派画家。

而柔韧，充满猫科动物般的优雅与力量。她的脚踝强健有力，双腿肌腱发达，步伐像猫一样敏捷有力。库尔·卡鲁阿，孩子，你是东南部神圣的原始激情与孩童纯真的化身。在那一千个夜晚，你皆躺于克林索尔的胸膛，每个夜晚皆是全新的开始，每个夜晚比之前都更加亲密、更加甜蜜。哦，大地之灵的盛宴，鹦鹉岛上的少女们在神明的见证下起舞！

在那岛屿之上，越过罗宾逊和克林索尔，越过故事和听众，白星夜幕，拱卫大地。树木、房屋和人们脚下，山峦柔鼓，如轻柔呼吸的腹部与胸膛。湿润的月亮在天穹上狂舞，在星星的追逐下跳着狂野而无声的舞蹈。星辰排列成链，像是通往天堂的闪亮的缆车索道。原始森林在母性的黑暗中渐显朦胧，来自远古的泥土散发出衰败与生殖的气息，蛇虺爬行，鳄鱼潜伏，河流无岸，涌动着创世之洪流。

"我将再执画笔，"克林索尔说，"即于明日。不再画这些房屋、人物和树。我将画鳄鱼与海星，画龙与紫蛇，画一切孕育中的生命，画一切在变幻中的灵魂，其渴望成为人类，渴望化作星辰，满溢诞生与腐朽、神性与死亡之气息。"

在他轻柔的话语中，在这纷扰的醉意里，埃西莉亚的声音清晰而深沉地响起，她静静地吟唱着《在花束中》，宁静与和谐在歌声中流淌。克林索尔聆听着，那旋律似自岛屿远飘而来，穿越时间与孤独的海洋，抵达克林索尔心岸。他将空酒杯翻转，不再倒酒，而是全神贯注地倾听。一个孩子在歌唱，一位母亲在歌唱，人类啊，究竟是深陷泥泞的世间浪子，还是笨手笨脚的垂髫孩童？

"埃西莉亚，"他满怀敬意地说道，"你是我们的福星。"

越过密林深处，在蔓根间挣扎，寻找归途的方向。终至密林边缘明亮的地方，田野已被收割，一片宁静与空旷。穿过玉米田中的狭窄小径，夜色中弥漫着归家的气息，在玉米叶上反射着月光，葡萄藤如同时光的轨迹，斜斜地延伸向远方。在这宁静的时刻，克林索尔的歌声响起，那略带沙哑的嗓音，轻柔而深情地回荡于夜空之中。他唱得很轻，唱了很多，既有德语亦有马来语的旋律，有歌词清晰可闻，有乐音无言吟哦。歌声中，他释放了压抑的情感，如一堵棕色的墙壁在傍晚时分释放出积蓄一天的温暖日光。

夜色中，一位朋友挥别克林索尔，另一位则在葡影小径上渐行渐远。人们踏上各自的归路，寻找回家的道途，独自在星空下踏上归程。一位女士轻吻克林索尔，道了声晚安，她的嘴唇炽热而深情，紧贴其唇上。他们一个接一个地离去，融于夜色之中。克林索尔独自走上公寓的楼梯，回到住所，口中仍在歌唱。他赞美上帝，赞美自己，赞美李太白，赞美潘潘比奥的佳酿。如一位云端神祇，躺在无尽的赞美之中。

"心之深处，"他吟唱，"我如同熔铸的金球，如同教堂的穹顶，人们在其庇护下跪拜，祈祷。穹顶之上，金光闪耀，古老画作中，救世主的心在滴血，圣母玛利亚的心在滴血。我们也在流血，我们这些异类，这些迷途旅人，星辰与彗星，七剑与十四剑穿透了我们极乐的胸膛。我爱你们，金发女子和黑发女子，我爱你们，我爱每一个灵魂，包括未信之人；你们和我一样，皆是这世间可怜之人，皆是迷失之孩童，皆是失落之半神，如那醉酒的克林索尔。敬我，亲爱的生命！敬我，亲爱的死亡！"

克林索尔致伊迪丝

夏夜之星，我心中的挚爱！

你的信，字字珠玑，句句真挚，你的爱，如同永恒的悲伤，如同无尽的责备，痛呼我的灵魂。然而，若你坦诚面对每一缕情感，拥抱内心深处每一声呼唤，你便行走于真理的道路上。切莫轻视任何感受，切莫丢弃任何心灵之宝！每段感情皆珍贵，每种感受皆美好，即使是仇恨，即使是羡慕，即使是嫉妒，即使是残忍。除了我们这些贫瘠、美丽、壮丽之情感，我们别无所有，每种被拒绝的情感，皆为一颗心中熄灭的星。

至于吉娜，我对她的爱，内心疑云重重。我不会为她做出牺牲，甚至怀疑自己是否真正懂得如何去爱。我可以渴望，可以在他人身上寻找共鸣，倾听回声，找寻一面镜子，追求快乐，所有这些或许看似爱的模样。

你与我，同游于情感的迷宫中，在这充满恶意的世界里，我们的情感迷失了方向，我们以自己的方式，向这邪恶的世界进行复仇。然而，我们渴望令彼此的梦想永远绽放，因为我们深知，梦想之酒的滋味是何等醇厚与甘甜。

唯有那些心怀善意、步履坚定者，那些对生活充满信念、不做将来会后悔之事者，才能清晰地了解自己的感受，并预见自己行为的后果。我未曾有幸成为其中一员，我感受着，行动着，如同一个不再期待明日、将每日当作世界末日的人。

亲爱的窈窕淑女，我试图将思绪化作言语，却总是词不达意！那些表达出的思想，总是缺少生气！愿它们重焕生机！我深深感激你的理解，你心中有着与我相似的灵魂。我无法将一切镌刻于生命之书的篇章，无法界定我们的情感是爱、是欲望、是感激、是怜悯、是母性抑或童心，我真的无从知晓。有时，我像个狡黠的老手一样看待每位女性，有时又像个天真的孩童。有时，最纯洁的女性对我有着无法抗拒的魅力，有时又是那最丰腴的女子。一切皆迷人，一切皆神圣，所爱之物皆无尽美好。为何、多久、多深，这些都无法度量。

我不仅爱你，你知道的，我也不仅爱吉娜，明日与后日，我将爱上其他图景，描绘其他影像。但我不会因曾经的爱而后悔，也不会因她们做过的明智或愚蠢之事而后悔。我爱你，或许因你与我如此相似。我爱他人，因他们与我截然不同。

夜已深，月亮高悬在萨卢特山上。生活如何欢笑，死亡如何欢笑！

请将这封愚蠢的信投入火焰之中，让它在火焰中化为灰烬，连同你的克林索尔。

末日之音

七月的最后一天，静默降临，克林索尔所挚爱的时节——李太白的盛宴——已然凋零，逝去不再。向日葵在花园中向着蔚蓝的天空，发出金色的呐喊。在这一天，克林索尔与忠诚的伴侣杜甫，踏上朝圣之旅，穿越他所钟爱的每一寸土地：火焰舔舐过的郊野，尘土飞扬的林荫道，沙岸边红橙交织的小屋，繁忙的货车与船只装卸之地，悠长的紫罗兰色墙垣，以及五彩斑斓的贫民区。黄昏降临时，他坐在城郊之巅，空气中飘扬着尘埃，笔触在旋转木马的五彩帐篷与马车上舞动。他蹲在焦枯的田野边，被帐篷上浓烈的色彩吸引。他沉醉于褪色的紫罗兰色帐篷，沉重的房车上欢乐的绿色和红色，以及蓝白涂漆的脚手架杆。他在镉黄的颜料中挖掘，在钴蓝中挥洒，铬红的笔触穿透黄绿色的天空。再过一个小时，哦，或许更短，一切便将落幕，夜晚即将来临，而明日，八月将揭开它的面纱，那是一个灼热的月份，滚烫的杯中调制了死亡的恐惧和忧虑。镰刀已磨得锋利，日子一天天逼近，死亡在枯黄的叶间窃笑。尽情闪耀吧，镉黄！尽情炫耀吧，殷红！来吧，远方的深蓝山峰！请来到我的心中，你们，尘土中的绿色菩提树！你们如此疲惫，如此谦卑，枝条低垂！我沉醉于你，美丽的景象！我向你们许诺永恒与不朽的幻象，而我却是最易逝的、最疑心的、最悲伤的，比你们要更畏惧死亡。七月已如火焰般燃尽，八月也将迅速消逝，突然间，从黄色的落叶中，那个巨大的幽灵在露水的清晨向我们袭来；突然间，十一月席卷了森林；突然间，那个巨大的幽灵笑了；突然间，我们的心冻结了；突然间，我们亲爱的粉红色肉体从骨头上脱落，在荒野中，豺狼嚎叫，秃鹫嘶哑地唱着它那诅咒之歌。一份来自大城市的可恶报纸带来了我的照片，下面写着："卓越的画家，表现主义艺术家，伟大的色彩大师，于本月十六日逝世。"

他心怀仇恨，在绿色吉卜赛马车旁，画出一道巴黎蓝的沟壑；他心怀痛苦，将铬黄色猛烈地敲击在崎岖不平的路面石头上；他深陷绝望，在预留的空白处点上朱砂，抹去那苛刻的白色，为连续性浴血奋战，向着无情的上帝呐喊，呼唤浅绿与那不勒斯黄。他呻吟着，将更多的蓝色倾注于平淡无奇的尘土绿中，他恳求着，在傍晚的天空中点亮更多真挚的光芒。那调色板虽小，却充满了最明亮、最纯净的色彩，那是他的慰藉、他的高塔、他的军械库、他的祈祷书,他用来射击死亡的大炮。艳紫是对死亡的否定,朱红是对腐败的嘲弄。他的武器库装备精良,他的小部队勇敢无畏,他的大炮急促开火,发出洪亮的巨响。但这些毫无用处,所有的射击皆为徒劳,但射击本身即是美好,是幸运,是慰藉,是依然存在的生活,是依然存在的胜利。

杜甫离去,到工厂与码头之间,拜访一位住在魔法城堡中的朋友。现在,杜甫归来,还带回来一位亚美尼亚占星师。

克林索尔刚好画成,举目见两副面孔,深深吸了口气:杜甫的一头金发,占星师漆黑的胡须及微笑时露出的一口白色牙齿。与其同来的,还有那个影子,那个长长的、黑黑的、大眼深陷眼窝的影子。欢迎你,影子,我亲爱的伙伴!

"知道今天是什么日子吗?"克林索尔询问他的朋友。

"七月的最后一天,我知道。"

"今天我做了一次星象占卜,"亚美尼亚人说,"我预见今晚会有些许事物降临。土星位恶,火星中立,木星主位。李太白,你难道不是七月生的孩子吗?"

"我生于七月二日。"

"我想起来了。你的星象混沌不明,朋友,唯有你自己能够解释。丰饶的想象力如云朵般环绕在你身边,似欲喷薄而出。你的星象颇为奇异,克林索尔,你一定有所感知。"

李太白收起画具。他所描绘的世界已然消逝,黄色和绿色在天空中寂灭,蓝色的旗帜沉入水底,明丽的黄色亦被杀死而凋零。他饥渴交加,喉咙里满是尘土。

"朋友们,"他深情地说,"我们今宵定要共度。我们四人不会再有如此时光,此非星辰所示,乃我心中所想。我的七月将逝,此为最后的余光在闪烁,伟大的母亲在深渊中召唤。这个世界从未如此美丽,我的作品从未如此动人,远方闪电已亮,末日乐章已响。我们当同声唱响,这甜蜜恐怖的旋律,我们当留于此地,共饮葡萄酒,共享面包。"

旋转木马之侧,帐篷刚刚揭开,迎接夜晚的到来。树下摆着几张桌子,一个跛脚的女仆在忙碌,一家小客栈隐于树影之中。他们在此安顿,坐于木板桌侧,面包上桌,陶杯满酒,树下灯光闪烁,马戏团的风琴开始轰鸣,将破碎而尖锐的音乐投向黑夜。

"今夜，我要痛饮三百杯，"李太白高呼，与影子碰杯，"敬你，影子，坚定的锡兵！敬你们，我的朋友们！敬你们，电灯、弧光灯和旋转木马上闪烁的小灯泡！哦，如果路易在此该多好，那只飘忽的鸟儿！也许他已先我们一步飞向天际！也许他明日将归来，那头老狼，若找不到我们，便会放声大笑，在我们的坟头插上弧光灯和旗杆。"

占星师悄然离去，取回新酒，红润的口中露出快乐的白牙。

"忧郁，"他低语，目光扫过克林索尔，"是件不应背负的行李。它是如此简单——仅需一小时的努力，短暂激烈的一小时，咬紧牙关，随后你便永远抛开了忧郁。"

克林索尔凝视其双唇，凝视其灿灿皓齿，它们曾在激烈的一小时里扼住了忧郁的喉咙，将其彻底征服。于他，这是否可能，如占星师那般？哦，那短暂而甜蜜的一瞥，投向那遥远的花园：没有恐惧的生活，没有忧郁的生活！他深知那些花园于他遥不可及。他深知，自己注定要面对不同的命运，土星以不同的方式向他投射光芒，上帝欲在他的琴弦上奏响不同的旋律。

"人各有其星辰,"克林索尔缓缓说道,"人各有其信仰。我独信一件事:末日。我们乘马车越过深渊,而马儿却畏缩了。我们皆处衰落之中,我们必须死去,我们必须重生,伟大的转折为我们而来。处处皆然:战争的浩劫,艺术的巨变,西方国家的崩溃。在我们古老的欧洲,所有美好之物,所有属于我们自己的东西,皆已消亡;我们美丽的理性已沦为疯狂,我们的钱已化为纸片,我们的机器只会射击与爆炸,我们的艺术成了自我毁灭。我们正在沉沦,朋友们,这是我们注定的命运,清徵调已经奏响。"

亚美尼亚人倾满酒杯。

"如你所愿,"他说,"人可言是,人可言非,这不过是一场儿戏。末日并不存在。欲有衰落或上升,须有高低之分。然高低并不存在,仅存于人类的大脑中,幻觉的家园里。一切二元对立皆为幻觉:白与黑为幻觉,生与死为幻觉,善与恶为幻觉。仅需一小时的努力,激烈的一小时,牙齿紧咬,便可冲出幻觉的国度。"

克林索尔倾听着他那悦耳的声音。

"我说的是我们,"他回答说,"我说的是欧洲,我们古老的欧洲，两千年来自诩为世界中心的欧洲。它正在走向衰落。你以为我不了解你吗，占星师？你是一位来自东方的使者，也是一位来找我的使者，或许是一位间谍，或许是一位乔装的将军。你来到这里，因为它是终亡开始之地，因为你嗅到了衰落的气息。但我们甘愿倒下，我们甘愿死去，我们不会抵抗。"

"你也可以说：我们甘愿新生。"亚洲人笑道。"于你而言，这似为末日；于我而言，这可成新生。两者皆为幻觉。人类若相信地球为天空中固定不动的圆盘，便会看到并相信有上升和衰落——所有人，几乎所有人都会相信星辰的固定运转！但即使星辰自己，也不知道何为上升与下降。"

"难道星星没有沉落吗？"杜甫高声问道。

"于我们而言，仅于我们的眼睛而言。"

他斟满了酒杯，总是慷慨地给予，总是面带微笑为大家服务。他手持空酒壶离去，换取新酒。旋转木马的音乐在此刻响起。

"我们去那边吧，那里景色宜人。"杜甫轻声请求。他们一同漫步，立于彩绘栅栏之前，看旋转木马在亮片与镜子的璀璨光芒中疯狂旋转，上百个孩童们的眼睛贪婪地追逐着那些闪烁的光芒。有一瞬间，克林索尔笑了，他深深地感到这旋转的机械，这机械的音乐，这些花哨而狂野的图案与色彩、镜子与花哨的装饰柱，皆带有巫医与萨满之气息，藏有魔法和古老的捕鼠技巧，而这所有狂野而绚丽的光芒，本质上与白铁诱饵的闪亮并无不同，梭子鱼将其误作小鱼吞食，被人们从水中钓起。

所有孩子皆渴望乘坐旋转木马。杜甫慷慨地给了他们些钱，影子对所有孩子发出了邀请。他们把施舍者团团围住，纠缠着，乞求着，感谢着。有一个漂亮的十二岁的金发女孩，大家都给予她钱，于是她每一圈都乘坐。在灯光的照耀之下，她的短裙在美丽的少年的腿上翩跹。一个男孩哭了起来，男孩们互相嬉戏。噼里啪啦敲打着风琴，似将节奏注入火焰，似在酒中融入鸦片。四人在喧嚣中待立了很久。

随后，他们又坐于树下，亚美尼亚人将酒斟满，为末日干杯，露出灿烂的笑容。

"我们今日当饮三百杯。"克林索尔高歌。他晒焦的额头散发着金色光芒，笑声在空中回荡；"忧郁"这个巨人，跪在他颤抖的心上。他开始碰杯，赞美末日，赞美死亡的意志，赞美清徵的曲调。旋转木马的音乐轰鸣喧闹。然而恐惧仍占据其心，那颗心不愿死去，那颗心仇恨死亡。

突然，房屋的那边，再次响起尖厉暴躁的曲子并传向夜空。房屋底层的壁炉窄台上，一排酒瓶齐列，一架自动钢琴奏起，如机枪狂哮，急促奔忙。自走调的音符中传来悲伤，节奏与沉重的蒸汽机一同沉闷地发出不和谐的呻吟。众人都聚在此处，有灯光，有喧闹，男孩们起舞，女孩们起舞，还有跛脚的女仆，甚至还有我们的杜甫。他与金发小女孩共舞，克林索尔在一旁观看，女孩的裙角轻摇，绕于其瘦美的腿，杜甫脸上带着慈爱的微笑。从花园进入的其他人坐于壁炉一角，靠近音乐，置身喧闹之中。克林索尔看到了声音，听到了色彩。占星师自壁炉上取下瓶子，打开，倾倒。他机敏的棕色脸上挂着灿烂的微笑。恐怖的音乐于低矮之室内轰鸣。亚美尼亚人徐徐在壁炉上那排老酒瓶中突破一个个缺口，如一个神庙盗贼，自祭坛之上，一个接一个地取走圣器。

"你是一位伟大的艺术家，"占星师为克林索尔斟满酒杯，低语道，"你是这个时代最伟大的艺术家之一。你有权自称李太白。然而，你，李太白，你的内心充满了焦虑、贫穷、痛苦、恐惧。你选择了末日的旋律,坐在自己点燃的火焰之中歌唱,李太白,即便日饮三百杯,与月亮共饮,对你而言,仍是痛苦难当。你并不安然,你感到非常痛苦,末日的歌者,你不想停下来吗?你不想活下去吗?你不想继续前行吗?"

克林索尔轻啜一口酒,用略带沙哑的声音低声回应:"命运能被扭转吗?意志能拥有自由吗?占星师,你能改变我的星象吗?"

"我不能指引星辰,只能占卜星象。唯有你能改变自己。意志是自由的。它被称为魔法。"

"若我能从事艺术,又为何要练习魔法?艺术不也一样好吗?"

"万物皆好。万物皆恶。魔法揭穿了幻象。魔法揭穿了我们所称为'时间'的最糟糕的幻象。"

"艺术不也是这样吗?"

"它仅尝试于此。你画中的七月,于你而言,足够了吗?你消解时间了吗?你不惧秋天、不惧冬天了吗?"

克林索尔叹了口气，陷入沉默，他默默饮酒，占星师则默默为他斟满酒杯。解开束缚的钢琴机器疯狂地咆哮着，舞者之间飘荡着杜甫天使般的面孔。七月已然落幕。

克林索尔把玩着桌上的空瓶，排成一个圆圈。

"这些是我们的大炮，"他高喊，"用这些大炮，我们可击碎时间，击碎死亡，击碎苦难。我也曾以色彩向死亡开火，以炽热的绿色，以爆裂的朱红，以甜美的天竺葵色。我常中其头部，将白与蓝刺入其眼。我常令其逃遁。我将再击中他，战胜他，智取他。瞧这个亚美尼亚人，他又开了一瓶陈酿，过往的夏日阳光被囚禁于瓶中，注入了我们的血液。即使亚美尼亚人亦不知还有何种武器可对抗死亡。"

占星师掰开面包，吃了起来。

"我无须用武器去对抗死亡，因为死亡本不存在。然而有一件事真实存在：对死亡的恐惧。恐惧可治愈，有应对其的武器。此不过一个小时内的事，便可克服恐惧。但李太白不欲如此。李太白爱死亡，爱他对死亡的恐惧，爱他的忧郁，爱他的痛苦，唯恐惧教会了他所能做的一切，我们也因此而爱他。"

他嘲讽地举杯，皓齿闪闪，面愈欢明，似不识愁苦。然而无人应答。克林索尔以酒炮向死神开火。死神则巍然立于大厅敞开的门前，厅内人头攒动，酒香四溢，舞曲悠扬；死神巍然立于门前，于黑色洋槐上轻摇，于幽幽花园内潜伏。外界的一切都充满了死亡，充满了死亡，唯有在这个狭窄喧嚣的大厅之内，人们仍在战斗，仍在与那个透过窗户窥视的黑色围攻者进行着奇妙而勇敢的战斗。

占星师轻蔑地越过桌子投来一瞥，嘲弄地斟满酒杯。克林索尔已经打碎了不少杯碗，但占星师又给了他新的。亚美尼亚人也喝了不少，但他像克林索尔一样坐得笔直。

"让我们饮酒吧，李！"他轻声讥讽，"你渴望死亡，你渴望消逝，你渴望终结。你不是这么说的吗？还是我误解了你——或者你最终欺骗了我，也欺骗了你自己？喝酒吧，李，让我们一同死去！"

克林索尔怒火中烧。他愤然起身，挺拔高大，如尖头老鹰，向酒中吐了口唾沫，随即将满溢的酒杯砸在地上。红酒如血，溅洒一室，朋友们面色苍白，其他人的笑声在空气中回荡。

然而占星师面带微笑，取来新杯，微笑着斟满酒液，微笑着递给李太白。李太白笑了，他也笑了。在其扭曲的脸上，微笑如月光在夜空中流淌。

"孩子们，"他高声宣布，"让这个异邦者发言！他知晓甚多，这狡猾的老狐狸，来自幽深的巢穴；他知晓甚多，却未能理解我们。他年岁已高，无法领悟孩童之心；他睿智过人，无法领会愚者之见。我们，我们这些将朽之人，对死亡的解悟远超于他。我们是凡人，而非星辰。瞧这只手，握着盛满酒的蓝色小杯！这只手，这只棕色的手，能成就诸多伟业。它曾挥动画笔，描绘世界，从黑暗中撕扯出新世界的碎片，而示于世人。此手曾轻抚众多女性的下巴，也曾诱惑无数少女，它被无数吻痕覆盖，泪水滴落其上，杜甫曾为其赋诗。这只亲爱的手，诸友，不日它将被泥土和蛆虫覆盖，再无人能触碰。是的，正因如此，我深爱它。我爱我手，我爱我眼，我爱我白皙之腹，我以遗憾、以嘲弄、以无尽之温柔爱着它们，因其终将凋零腐朽。影子啊，你这黑暗之友，安徒生墓前的老锡兵，于你而言亦是如此，亲爱的伙伴！让我们为亲爱的肢体和内脏干杯，它们将继续生存！"

他们碰杯，黑影从深邃的洞穴眼中露出阴郁的微笑——

突然，有什么东西通过大厅，如风掠过，有如幽灵穿堂。音乐骤停，舞者们仿佛被熄灭，被夜色吞没，灯光半灭。克林索尔望向那黑色的大门。死神立于门外。他目睹其影，他嗅闻其味。如雨水滴落村路落叶之上，正是死亡的气息。

于是李太白推开酒杯，推开椅子，缓缓步出大厅，踏入幽暗的花园，独自在夜色中远去，头顶有闪电划破苍穹。他的心如墓碑之石，沉甸甸压于胸口。

八月的夜

当夕阳沉落，克林索尔——在马努佐和维格利亚的阳光与和风中挥洒画笔的午后——带着疲惫的步伐，穿越维格利亚的森林，来到一家沉寂的小旅舍。被唤醒的年迈的女房东，为她的客人奉上了一杯装在陶杯里的酒。他在门前的核桃树桩上坐下，打开行囊，发现尚存一块奶酪和几颗李子，便以此作为自己的晚餐。坐于一旁的老妇人，脸色苍白，身形佝偻，牙齿掉光，用她那布满皱纹的脖颈和呆滞的老眼，讲述着她的村庄和她的家庭生活，讲述着战争、物价上涨和田地的状况，讲述着葡萄酒和牛奶的价格，还讲述她故去的孙子和离开的儿子；农妇生活的所有季节和星座都清晰而亲切地呈现出来，粗糙而不失美丽，充满了快乐和忧虑，充满了恐惧和生机。克林索尔吃着、喝着、休息着、聆听着，询问孩子们和牲畜、牧师和主教的情况，友好地赞美了那寒薄的杯中之酒，献上最后一颗李子，握手告别，祝愿晚安，之后携带手杖和行囊，缓缓地爬上山坡，走进带着薄光的森林，向今夜的营地迈进。

那是日暮时分的金色时刻，白日余晖仍在四处闪烁，但月已升起，微光闪耀，首批蝙蝠在绿色闪烁的空气中飞舞。一道树墙在森林边缘最后的光亮中柔和矗立，一排明亮的栗色树干立在黑暗的阴影前，一座黄色农舍静静散发着它所吸收的日光，光润如一颗黄玉。玫瑰红与紫罗兰色的小径穿过草地、葡萄园和森林，其间偶有已经泛黄的洋槐枝条，西边的天空金光与绿光辉煌灿烂，在丝绒蓝的山峦之上。

哦，这不可复返的成熟夏日的最后一刻，现在尚能工作！现在，一切皆美得难以言表，如此平静，如此美好，如此慷慨，充满上帝的气息！

克林索尔坐在凉爽的草地之上，下意识地抓起铅笔，微笑着又将手放下。他疲惫至极，他筋疲力尽。他的手指触摸着干燥的草地和干燥的泥土。还有多久，这可爱的、令人兴奋的游戏就会终结！还有多久，人们的手、嘴和眼睛就会被填满泥土！近日，杜甫为他寄来一诗，他忆起此诗，慢慢吟诵：

> 自生命之树落在我身上，
> 一片叶，又一片叶。
> 哦，这绚烂多姿的世界，

何以赋予我生命之丰盈,

何以令我疲惫不堪,

何以令我沉醉忘返!

今日之辉煌璀璨,

须臾间便消逝无踪。

不久的将来,风儿即将吹起,

掠过我褐色的坟茔,

幼小孩童身畔,

母亲俯身低语。

愿能再次沉溺于她的眼眸,

她的目光是我心中的星辰,

其余万物终将消逝无踪,

一切终将离去,一切将欣然离去。

唯有永恒的母亲长存,

我们源自其怀抱,

她轻盈的指尖在瞬息万变的空气中,

写下我们的名字。

此刻,一切尚好。克林索尔的十条生命,还剩几条?三条?两条?无论如何,这已胜过一次,已胜过平凡尘世的一生。他已历尽千帆，目睹众生百态，绘尽纸布无数，在爱恨交织中撩动无数心弦，在艺术与生活中为世界带来波澜与清风。他深爱过众多女子，摧毁过无数传统与教条，勇敢尝试过诸多新事物。他畅饮过无数满杯之酒，呼吸过无数白昼与星夜，在无数太阳下燃烧，在无数水域中游弋。如今，他坐在此地，或许是意大利，或许是印度，或许是中国，夏日之风任性地拂过栗树冠顶，世界美好而完满。他是否能再绘百幅画卷，或仅十幅；是否能再活二十个夏日，或仅一个，这一切皆不再重要。他已经感到疲惫，深深的疲惫。一切终将离去，一切终将欣然离去。杜甫啊，好一个杜甫！

是时候回家了。他蹒跚步入房间，风从阳台门吹拂而来。他点上灯，打开草稿。在那森林深处，用铬黄与宝石蓝或许不错，会成为一幅画。毕竟，时机已至。

然而，他仍旧坐着，头发在风中飘扬，身着飘逸、沾满颜料的亚麻夹克，夜晚的心中交织着微笑与哀愁。风儿轻柔懒散，蝙蝠在渐暗的天空中轻盈而无声地舞动。一切终将离去，一切终将欣然离去。唯有永恒之母长存。

在那八月的温柔夜晚，克林索尔或许可以在此稍做休憩，至少能睡一个小时,因为天空如此温暖地拥抱着大地。他将头倚靠着行囊,仰望着天空。这世界是何等壮丽,既让他心满意足,又让他感到一种难以言喻的疲惫。

脚步声从山上传来,脚步踏在松散的木底鞋上,步伐有力。在蕨类与杜松的掩映之下,一个身影渐渐清晰,那是位女子,其衣裙的色彩在夜色中模糊不清。她越走越近,步伐稳健而充满力量。克林索尔站起身,问候了一声晚上好。她有些被吓到,静立片刻。他凝视着她的面庞,认出了她,却想不起何时何地曾经相识。女子的美丽令人震惊,皮肤如夜色般黝黑,坚固的牙齿在星光下闪烁。

"瞧啊!"他高声呼唤,同时握住了她的手。他感到有一种微妙的纽带将他与这位女子紧密相连,那是一丝遥远的记忆。"我们曾相识?"

"圣母玛利亚!您是卡斯塔涅塔的画家!您还记得我吗?"

是的,现在他记起来了。她是塔文谷的农妇,在她家中,在那个夏日的阴影笼罩与混乱的记忆中,他曾挥洒数小时的画笔,曾在其井边汲水,在无花果树荫下小憩,最终从她那里得到了一杯酒和一个吻。

"您没再光临,"她带着责备的口吻说,"您曾向我承诺,一定会归来。"

她的声音低沉而充满挑战。克林索尔精神一振。

"瞧,您来得正巧!在我如此孤独、如此忧伤之际,您的到来是多么的幸运!"

"忧伤?别骗我了,先生,您是个爱开玩笑的人,一个字都信不得。好了,我得走了。"

"哦,那让我陪您。"

"这不是您的路,也没必要。我会怎样?"

"您不会怎样,但我会。若有人来寻您,与您亲昵,吻您可爱的嘴唇、您的脖子、您美丽的胸部,而那人却不是我。不,那可不行。"

他用手搂住她的脖子,不愿松开。

"我的星辰,我的宝贝!我的小甜李子!来咬我吧,否则我会吃了您。"

他亲吻她，她笑着后仰，半推半就地回应，在挣扎和辩解之间，她屈服了，再次回吻，摇了摇头，笑了，试图挣脱。他紧紧地抱住她，他的嘴唇贴在她的唇上，他的手放在她的胸上，她的头发散发着夏日的气息，有干草、染料木、蕨类与黑莓的芬芳。他深吸一口气，抬头仰望，见第一颗星星在渐暗的天际升起，微小而洁白。女子沉默了，她的神情变得严肃，她叹了口气，将手放在他的手上，更紧地压在胸前。他轻柔地弯腰，将她的手推到膝盖上，她并未抵抗，他随后轻轻地将她放在草地之上。

"您爱我吗？"她的声音如同孩童般纯真，"可怜的我！"

他们举杯共饮，风儿轻抚他们的发丝，携走了他们的呼吸。

告别之际，他在行囊中、外套口袋里搜寻，渴望找到一件可以赠予她的物品。终于，他找到了一个精致的银制烟盒，内里尚存半满的香烟烟草。他清空了烟盒，递给了她。

"不，这不是礼物，当然不是！"他急忙保证，"仅是件纪念品，令您不要忘记我。"

"我不会忘记您。"她轻声说,继而询问,"您会再回来吗?"

他的眼神黯淡下来。他缓缓地轻吻了她的双眼。

"我会回来的。"他低声说道。

片刻宁静之中,克林索尔静立不动,听她着木鞋的脚步声渐行渐远,回荡在山坡之上,穿过草地,越过森林,拂过泥土、石头、落叶与树根。此刻,她已离去,夜色中的森林陷入了一片深沉的黑暗,风儿轻轻拂过沉寂的大地。空气中弥漫着秋日的锐利与苦涩,或许是蘑菇的气味,或许是枯萎蕨类的气息。

克林索尔未能决意踏上归途。为何要上山?为何要回到房间面对那些画作?他在草地上伸展身体,躺卧在那里,仰望繁星,终入梦乡,直至深夜动物嘶鸣、一阵风或露水的凉意将他唤醒。然后他前往卡斯塔涅塔,找到了他的居所,他的门户,他的房间。那里有信件和鲜花,有朋友曾经来访的痕迹。

尽管疲惫,他依旧按照老习惯,在午夜时分打开行囊,借灯光审视了当日的写生草图。森林深处很美,草木与岩石在光影交错中闪烁着清冷而诱人的光泽，宛若一座宝库。他仅用铬黄、橙色与蓝色作画，舍弃了朱红与绿色，此乃正确的选择。他久久凝视画作。

但是为何？为何每一幅画面都色彩斑斓？为何要倾注所有努力、所有汗水、所有短暂而醉生梦死的创作欲望？能否寻得解脱？能否寻得安歇？能否寻得宁静？

疲惫至极的他，勉强脱去衣裳，躺在床上，熄灭灯火，寻觅睡意，轻声吟诵杜甫的诗句：

> 不久的将来，风儿即将吹起，
> 掠过我褐色的坟茔。

克林索尔致残忍的路易

亲爱的路易！自你的声音消逝以来，时光似乎已在沉默中老去。你是否仍沐浴在光明中，或秃鹰已经在啃食你的骨头？

你是否曾试图唤醒一只停摆的挂钟，用细针刺入它的心脏？我曾尝试，却只见魔鬼闯入它的机械中，抹去所有刻度，指针在表盘上狂舞，奏出诡异的乐章，直至一切沉寂，钟表的灵魂亦随之消散。

我们如今似乎也陷入了这样的境地：日月如狂徒般在天际疾驰，时光不息地追逐，从我们身边溜走，如同袋中漏尽的沙粒。愿终结亦为猝然，愿这醉生梦死的世界走到尽头，而非再次陷入世俗的节奏。

近来白日里我忙碌不休，以至于无暇思虑什么（顺便一提，高声说出"以至于无暇思虑什么"这样的所谓"句子"，何等奇怪！）。然而，当夜幕低垂，你的影子常常浮现于我的脑海。我习惯坐在林中酒窖中，品尝流行的劣质红酒，虽非上等佳酿，却足以维系生命，引人入梦乡。有几次，我甚至在酒窖的桌上沉沉睡去，在周围人的嘲笑中证明了自己的神经衰弱并非那般糟糕。有时，友伴与佳人会相聚于此，讨论女性形象，谈论帽子、鞋履，以及艺术。有时氛围至佳，然后彻夜狂笑尖叫，人们十分欢喜，因为克林索尔是一个有趣的伙伴。此地有位佳人，每逢相见，她都会急切地询问关于你的消息。

我们共同追求的艺术，如某教授所言，犹紧附于客体（若以图像谜题来表达，这将多么有趣）。我们纵然以更自由之笔触创作，亦足令资产阶级激动，我们仍在描绘"现实"之物：人物、树木、集市、铁路、风景。于此，我们仍顺从于传统。资产阶级所谓"现实"，乃是众人或多数人以相似的方式感知描述之物。今夏一过，我拟暂搁画笔，转绘幻想，即梦境。其中部分或合你品味，疯狂有趣，令人惊奇，如同那科隆教堂捕鼠人洛克菲诺的故事。尽管我感到脚下的土地已经变得脆弱，对未来岁月与行径无甚欲求，我仍愿向这个世界之喉再投掷几枚猛烈的火箭。近日有画商来信，赞我在新作中历经第二次青春，此言甚是。在我看来，自今年，我才真正开始画画。但我感觉自己经历的不是春天，而是爆炸。我惊异于体内尚存的炸药，但炸药在节能炉中很难燃烧。

亲爱的路易，我常暗自欣喜，因为我们两个老浪子的内心是如此令人感动的羞愧，宁愿将酒杯扔到对方头上，也不愿让别人知道我们之间的任何感情。愿永远如此，老刺猬！

最近在巴雷尼奥的那个小酒馆里，我们举行了一次面包和葡萄酒的盛宴，午夜时分，歌声在高大的森林中回荡，那是首古老的罗马曲调。当人变老，渐感足寒，幸福所需甚少：每日八至十个小时的工作，一升皮埃蒙特葡萄酒，半磅面包，一包弗吉尼亚烟草，几位女性朋友，当然还有温暖和好天气。我们拥有这些，阳光灿烂，然而我的头骨却如木乃伊般焦灼。

有些时候我觉得生活和工作才刚刚开始，但有些时候我又感到已辛勤工作八十载之久，很快便可休憩退休。人人皆会走向尽头，我的路易，包括我，包括你。天知道我给你写了些什么，你也看得出我有点不适。这大概是疑病症，我眼痛频发，有时会想起几年前读到的一篇关于视网膜脱落的论文。

当我从阳台窗户向下望去，那个你熟悉的阳台，我便可清晰地感知，我们尚需忙碌许久。世界之美，无穷无尽，透过这扇翠绿、高耸的窗，它日夜呼唤，向我呐喊，向我索取，我一次又一次地奔出，攫取它的一角、一块。此处绿地于干燥的夏日变得明亮得不可思议，微微泛红，好看至极，我从未想过会再次触及英国红和赭石红。之后整个秋日降临到眼前，收割的庄稼、采摘的葡萄、收获的玉米、红色的树林。我将再次日复一日地体验这一切，再绘制数百幅习作。然而，我感到终有一日，我将深入内心，如年轻时那般，全凭记忆与想象作画，创作诗篇，编织梦想。这也是必须完成的使命。

一位伟大的巴黎画家曾向一位年轻的画家传授心得："年轻人，欲成为画家，切记首要之事乃是吃好。其次，消化至关重要，确保排便规律！第三，一定要有美丽的小女友！"是的，人们或许以为，我在艺术之路上的起步便是习得此事，而此等简单之事几乎无须他人相助。然而今年，我已被诅咒，此等简单之事亦不再顺遂。我饮食简陋，常数日仅以面包果腹，常与胃病斗智斗勇（我告诉你：此乃人生最无益之事！），我亦无真正的女友，却与四五位女子周旋，这让我像饥饿一样疲惫。时钟的发条似少了些许，自我用针刺入之后，它重新运转，但速度如撒旦般迅疾，嘎嘎的响声亦陌生可怖。当拥有健康时，生活是何其轻松！你从未收到过我写的如此长的信，除了争论调色板的时候。我得停笔了,已经五点了,美丽的曙光即将降临。向你问候。

你的克林索尔

附言:

我想起你曾很喜欢我的一幅小画作,我融入中国元素最多的一幅,有间小屋,红色的道路,维罗纳绿尖峰树,以远处玩具般的城市为背景。我现在无法将它寄给你,也不知你身在何处。但它属于你,无论如何,我想告知你此事。

克林索尔寄给朋友杜甫的一首诗

（出自他绘制自画像的日子）

我醉眼蒙眬静坐于夜风中的树林，
秋意侵蚀了歌唱的枝头；
酒馆主人低语着步入地窖，
为我空荡的酒瓶斟满新的琼浆。

明日，明日，苍白的死神将向我袭来，
用他那冰冷的镰刀欲割裂我炽热的血肉，
长久以来，我已察觉他潜伏于暗处，
那阴鸷的宿敌，我已不再陌生。

为嘲弄他，我高歌半夜，
醉意的歌声飘荡进疲惫的森林；
讥讽他的威胁

便是我歌唱饮酒的意义。

我历经世事，饱受磨难，身为无尽旅途的游子，
　　在黄昏的微光中，我坐下，举杯，心绪纷乱地等待，
　　直至那闪烁的镰刀
　　将我的头颅与跳动的心脏分离。

自画像

九月初的几天，经历数周烈日炙烤过后，天降甘霖滋润了大地。正是在这样的时节，克林索尔在卡斯塔涅塔宫殿的高窗大厅里挥洒着画笔，完成了他的自画像（此作今悬挂于法兰克福）。

这幅骇人而又迷人的画作，是他最后完成的作品，标志着那个夏天的终章，也是他难以置信的狂热工作的终结，是他艺术生涯的巅峰之作和至高荣耀。众多观者皆言，熟识克林索尔者，皆能迅速无误地于画中认出他，尽管此肖像画从未如此偏离自然主义。

如同克林索尔晚期的作品，这幅自画像可从多角度观赏。对某些人而言，尤其是对画家不太了解的观众，此画首先是一部色彩的交响，一幅绮丽的壁挂，色彩斑斓却显宁静高贵。而在另一些人看来，此画是画家最后一次大胆尝试，乃至是一次绝望的尝试，试图从具象的束缚中解放出来：画中的面容如风景般变幻，发丝若树叶、树皮，眼窝似岩隙——他们说此画令人联想到自然，山脊似人脸，枝条似手脚，仅从远处观之，存有几分神似。与之相反，众多观者于此作中仅见主题：克林索尔的面庞，被其以无情的心理学剖析和诠释的面孔，是一次磅礴的忏悔，一段无畏的、呐喊的、动人的、震撼的告白。亦有人，包括其最尖锐的反对者，认为此画仅为克林索尔所谓疯狂的产物与标志。他们将画中的头像与自然原型、照片对比，发现其变形与夸张之造型具有黑人的、堕落的、原始的、兽性的特征。还有一些人关注到了画作的偶像崇拜性与梦幻性，视之为一种癫狂的自我崇拜，一种亵渎和自我神化，一种宗教狂妄。各式解读，且将更多。

在克林索尔绘制此画的日子里，他鲜少踏出户外，除去夜晚饮酒，唯以房东太太所赠的面包与水果为食，未尝刮须，额头焦黄，双目深陷，其疏忽之态实令人心悸。他坐着专注作画，偶尔，几乎只在休憩时，才会走到北墙上那面画着玫瑰藤蔓的老式大镜子前，伸伸头颈，睁大眼睛，做些表情。

在那面大镜子里，在蠢笨的玫瑰藤蔓之间，在克林索尔的面孔背后，他望见了无数面孔，并将面孔融入画中：孩子们甜美而惊讶的面容，年轻人梦想与热情洋溢的额头，讥笑醉汉的双眼，饥渴者的嘴唇，那些受迫害者、受苦受难者、追求者、浪荡不羁者的嘴唇，以及迷失的稚气未泯的嘴唇。然而，他塑造了一个庄严而残暴的头颅，宛如原始的神祇，一位自恋且满怀嫉妒的上帝，一个要人们在其前献上初生婴儿与处女的傀儡。此其众多面孔之一。另一面，是一个衰败的、下沉的、与自己之衰落和解的面孔：他的头骨上长满苔藓，老牙歪斜，枯萎的皮肤布满了裂缝，裂痕中藏着疮痂与霉斑。这是有些朋友对此画情有独钟的地方。他们说，这便是人，看这个人，我们这末世疲惫、贪婪、狂野、幼稚的精英人类，垂死的、想死的欧洲人类：因每一种渴望而精致，因每一种恶习而病颓，因自知的堕落而热情高涨，为每一次进步做好准备，为每一次倒退做好准备，全然炽热，亦全然疲惫，如吸食者对毒品般，顺从于命运与苦痛，孤独，空虚，古老，既是浮士德亦是卡拉马佐夫，既是野兽亦是智者，全然裸露，全然没有野心，全然赤裸，像孩子般对死亡抱有恐惧，对死亡怀有疲惫的准备。

在这些面孔之后，沉睡着更为遥远、更为深邃、更为古老的容颜，原始的、野性的、植物的、石质的，宛如最后一个人在生命将逝之际，急速穿越其所有过往形态，想起地球的远古时代，想起世界的青春时期。

在这紧张飞逝的日子里，克林索尔沉溺于一种狂喜的生活。夜晚，他豪饮至醉，随后手执烛台，立于古镜之前，凝视着镜中那张醉酒者阴沉且狞笑着的脸。某夜，他与一情人共坐于画室的沙发上，当赤裸的她依偎其怀中，他的目光越过她的肩膀穿透镜面，目睹她凌乱的发丝旁自己扭曲的面孔，充斥着欲望与对欲望的憎恶，双眼赤红如血。他恳求她明日再来，但她已为恐惧所困，自此未再归来。

夜晚他睡得很少。常从梦魇中惊醒，脸上满是汗水，心中满是绝望和对生活的厌倦，但他很快就会跳起身来，盯着衣柜的镜子，阅读这些扭曲的面孔上的粗犷风景，阴沉、憎恨、带着一丝幸灾乐祸的微笑。他在梦里遭到一场无尽的折磨，眼珠被钉子贯穿，鼻梁被钩子撕裂；他用炭笔在手边的书本封面上画下了这张受尽折磨的脸，眼中仍钉着钉子；我们在他逝去后，发现了这奇异的一页。他被面部神经痛所折磨，身躯扭曲地倚靠在椅背上，痛苦地笑着、尖叫着，将他扭曲的面孔对准镜子，观察着每一次抽搐，嘲笑着每一滴泪水。

在这幅画布上，他描绘的不仅仅是自己的面容，也不仅仅是千百张面孔的集合，不仅仅是自己的眼眸与唇，还有嘴上悲伤的褶皱、额上岩石的裂痕、手上的盘根错节、指尖的痉挛、智慧的嘲讽、对死亡的凝视。他以独树一帜、过度拥挤而颤抖的笔触,绘出了自己的生活、爱情、信仰与绝望。他在一旁画了一群裸女,如鸟儿在暴风雨中被驱赶着飞过,画了在神像克林索尔面前献祭的牲畜,画了一个面色死灰的青年,画了遥远的神庙和森林,画了强大而愚蠢的长须神祇,画了被短剑刺中胸口的女子,还有蝴蝶翅膀上的无数面孔。在画面的最后,在混沌的边缘,是死神,那灰色的幽灵,用一把针一般的矛,刺进了画中克林索尔的大脑。

画了数小时后,不安驱使他起身,在房中徘徊,身后的门在风中砰然作响。他从架上扯下酒瓶,从书架上扯下书籍,从桌上扯下毯子,躺于地板上阅读,倚于窗框上深呼吸,寻觅旧日的画作与照片,用纸、画、书、信填满了所有房间的地板、桌子、床和椅子。风雨吹入窗内,一切都变得混乱而哀伤。他在旧物中发现了自己儿时的照片,那时他四岁,身上穿着白色的夏日西装,淡金色的头发下是一张甜美顽皮的男孩的脸庞。他找到了父母的照片、青春恋人的照片。一切都让他忙碌、激动、紧张、折磨,他将一切拉向自己,然后又将它们推开,直至再次被画板吸引,继续作画。他在肖像的缝隙中绘出更深的沟壑,筑起更广阔的生命殿堂,更强烈地表达了每一种存在的永恒，更加悲叹他的易逝，笑意寓言更加温柔，更加嘲讽地宣判自己的腐烂。然后，他又跃身，像一头被猎杀的雄鹿，像囚徒般在自己的房间里小跑。喜悦在他心中贯穿，对创作的深深喜悦就像一场湿润而欢快的雷雨，直到痛苦再次把他摔倒在地，将生活和艺术的碎片扔到他的脸上。他在画前祈祷，向画吐口水。他疯了，如每个创造者般疯狂。但在创造的疯狂中，他如梦游者般睿智，做了所有有助于作品之事。他坚信，在这场关于自画像的可怕斗争中，不仅是个人的命运与责任，还有人类的、普遍的、必要的东西。他感到，现在他再次面对一项任务、一种命运，而他以往的恐惧与逃避、陶醉与狂热，都只是对此任务的恐惧与逃避。现在，他不再恐惧，不再逃避，只有前进，只有攻击与刺杀，只有胜利与失败。他征服又灭亡，痛苦又欢笑，他咬紧牙关，杀戮又死亡，诞生又重生。

一位法国画家欲拜访他，房东太太将其引领至前厅，房间里拥挤不堪，杂乱无章。克林索尔现身，手臂上沾满颜料，面带油彩，脸色灰白，胡须蓬乱，大步流星地穿过房间。陌生人带来巴黎与日内瓦的问候，并表达了他的敬意，而克林索尔则来回踱步，对于赞誉似浑然不觉。客人尴尬地沉默，正欲起身告辞，克林索尔却走近，将那沾满色彩的手轻放在其肩头，目光深邃地凝视其双眼。"感谢你，"他缓慢而艰难地开口，"感谢你，亲爱的朋友。我正沉浸于创作之中，无法言语。人们往往言多必失。请不要见怪，向那些朋友传达我的问候，告诉他们，我心中充满了对他们的爱。"言毕，他消失在另一个房间中。

在那些被激情驱使的日夜之后，克林索尔将他那完成的自画像安放在寂静的厨房，轻轻锁上了门。他未曾向世人展示过这幅作品。随后，他服下安眠药，睡了一天一夜。醒来后，他沐浴更衣，剃须整装，换上新衣，驱车穿越晨雾，前往城市购置水果与香烟，想作为礼物送给吉娜。

流 浪
WANDERUNG

随 笔

Aufzeichnungen

农 舍

在这座农舍之前,我做了最后的告别。在漫长的岁月里,我将不会再见到这样的屋舍。只因我即将到达阿尔卑斯山口,于此,北国的德式建筑,连同那片土地的风景与语言,皆将画上句点。

跨越疆界的壮举,何等令人心醉!行者如原始人,游牧者较之农耕者更显古朴,然而对定居的超越与对界限的轻视,促使吾辈成为未来之路的开拓者。若人心皆如我心,对疆界怀有深深的厌恶,世间将无战火与封锁。疆界,何其可憎;疆界,何其愚昧。它们犹如炮火,犹如将领:在理性、人性与和平的光辉下,人们对此漠然,甚至嗤之以鼻——但战乱与疯狂的风暴一旦降临,它们便变得至关重要,变得神圣不可侵犯。在那些战争的年代,它们是如何成为我们旅人的苦楚与牢笼!愿恶魔将它们吞噬!

我在笔记中勾勒出那处屋舍,目光与德式屋顶、房梁和檐口惜别，与温馨的家园之感惜别。再一次，我以更深的眷恋爱着这一切乡土之物，因为这是最后的告别。明日，我将拥抱他处的屋顶，他处的居所。我不会如情书所言，将心遗留此地。不，我将携心同行，穿越山川，每时每刻，皆需其陪伴。因为我为游子，而非耕人。我崇拜不忠，崇拜变化，崇拜幻想，我不愿将爱固守于世间任何一隅。吾之所爱，永为寓言，当爱凝滞，化作忠诚与美德，于我便已成疑团。

祝福农人！祝福那些有产者、定居者、忠贞者、高尚者！我爱他们，我尊崇他们，我羡慕他们。但我已虚掷半生，试图效仿其美德。我欲为诗人，亦欲为市民；我愿为艺术家、幻想家，亦愿有德行，享受故土。久经时光，方悟二者不可兼得。我乃游子非耕人，乃寻觅者非守成者。在很长的一段时间里，我在神灵和法律面前自责，而神灵和法律于我，不过是忏悔的对象。这是我的错误，是我的痛苦，是我与世间苦难的共谋。我自我折磨，不敢踏上救赎之路，增添了世界的罪恶与苦痛。救赎之路，不在左，不在右，它通向自己的内心，唯有那里才有上帝，唯有那里才有和平。

山风携来湿润的秋意，远方的天际线映出异国他乡。在那些天空之下，我将时而幸福，时而怀乡。完美的旅人，如我，本不应知何为乡愁。我知我非完人，亦不追求完美。愿尝乡愁之味，如尝喜悦之甘。

我面朝之风，满溢着彼岸与远域的气息，满载着水岭与语言边界的气息，充溢着高山与南方的气息。它饱含希望。别了，小小的农舍，故乡的风景！我向你告别，如同少年辞别母亲：知时日已至，须离母而去，亦知纵使心欲，终难彻底断舍。

乡野墓地

在常春藤攀缘的倾斜十字架下,
阳光柔和,花香袭人,蜜蜂轻吟。

幸福的你们,安然沉睡,
偎依于大地温暖的怀抱中,

幸福的你们,恬淡无名,
归魂于母亲的怀抱中,寻得永恒的安息!

然而听啊,从蜜蜂的飞舞中,从嗡嗡的乐歌中,
它们诉说着对生命的渴望与存在的欢愉,

从深埋的梦境中,
早已熄灭的生命律动,在光明的呼唤下破土而出,

生命的残骸,被黑暗埋葬,
在变幻之中渴望着生存的光辉,

而大地母亲,以孕育万物的律动,
正大光明地舒展,展露生命的奥秘。

坟墓深处的甜美宁静,
不会比夜梦更加沉重。

死亡之梦,仅是过眼云烟,
生命之火,在其下燃烧不息。

山　口

在这条勇者小径上，风儿轻抚大地。树木与灌木早已隐匿于远方，唯留坚硬的岩石与岁月沉淀后的苔藓，在此孤独地生长。此处，无人问津；此处，无人占有，连勤劳的农人也未曾放牧伐树。然而远方的呼唤如熊熊火焰，点燃我内心的渴望，它跨越岩石、沼泽与雪地，开辟这条美好的小径，通向未知山谷、陌生屋檐、异域语言和遥远的人群。

我驻足于山口之巅，道路如同生命的河流，向两侧倾斜而下。曾经紧密相连的一切，就此通向了两个世界。我的鞋子轻掠一个小小水潭，它流向北方，最终归于那遥远的寒冷海域。而近旁的残雪，却以温柔的姿态向南滴落，其水滴将汇入温暖的海洋，流向那利古里亚或亚得里亚海沿岸，直至触碰非洲的边界。然而，世界上所有的水流终将重逢，在云层中交织成一首北冰洋与尼罗河的交响。这古老而美丽的寓言，将我的时间赋予神圣的意义，每一条道路皆引领着流浪之心回家。我的目光依旧自由，南北之路任我选择。五十步之后，唯有南方的神秘山谷向我敞开怀抱。它从幽蓝的山谷中散发出神秘的气息！我的心，无比向往那片土地！那里有湖泊的宁静，花园的芬芳，葡萄酒与杏仁的香气在空中飘荡，还有那古老神圣的传说中的渴望，以及通往罗马的旅途。

年少时的记忆，如同远处山谷中的钟声回荡：那是对首次南方旅行的热切向往，沉醉于蓝色湖畔丰饶的花园空气中，傍晚时分在苍茫的雪山上眺望遥远的故乡！第一次在古老圣柱前祈祷！第一次如梦如幻地窥见褐色岩石后波光粼粼的海洋！

如今，那份狂热不再，那份向所有我爱之人展示美丽远方和幸福的渴望也已消逝。我的心中，不再是春天的躁动，夏天已经到来。异乡的呼唤以一种更加深沉的声音，在我的心中回响。它不再高歌，而是在我胸中激起更加沉静的回声。我不再将帽子抛向空中，也不再放声高歌。

但我微笑了，不只是用嘴角的弧度，也是用我的灵魂、我的双眼、我全身的肌肤去微笑。我向这片芬芳的土地献上了与以往不同的感官，更加细腻、更加沉默、更加敏锐、更加纯熟，也更加懂得感恩。今日，这一切比往昔更真切地属于我，它们以更加丰富、更加复杂的色彩向我诉说，细节之处也丰富百倍。我沉醉的渴望不再为模糊的远方涂抹梦幻的色彩，我的眼睛对现实感到满足，因为它已经学会了真正的看见。自那时起，世界变得更加美丽。

世界变得更加美丽。我独自一人，不因孤独而痛苦。我别无所求。我已准备好迎接太阳的炙烤，渴望成熟。我已准备好迎接死亡，也已准备好迎接重生。

世界变得更加美丽。

夜　行

深夜我踽踽独行在尘土飞扬的路上，
墙影斜落，
透过藤蔓，我看到
月光洒满溪流和小径。

那曾唱过的歌曲，
我再次轻声吟唱。
无数次的漫游中，
影子交错于我的路途上。

风雪的交响与太阳的炽热，
让岁月的挽歌在我耳边回响，
夏夜和蓝色的闪电，
风暴和旅途的劳顿。

流 浪

皮肤被晒成了棕色,
被这个世界滋养得如此丰润,
我感到自己被牵引前行,
直至道路被黑夜吞噬。

村　庄

在阿尔卑斯山南面的第一个村庄，我开启了喜爱的徒步旅行。那种漫无目的的游荡，那种明媚阳光下的悠闲，那种自由自在的流浪生活——我常常将家安在行囊之中，裤子上总有破洞这样的旅途痕迹。

在一次畅饮之际，我突然想起了费鲁乔·布索尼[①]。"你看起来真像个乡下人。"这位亲爱的朋友曾在苏黎世我们最后一次见面时，带着一丝戏谑对我说。当时，安德烈[②]刚指挥完一场马勒交响，我们一起坐在常去的餐厅里。再次想到布索尼那张苍白而睿智的面孔，其反庸俗的机智让我感到无比愉悦。但

[①] Ferruccio Busoni（1866—1924），意大利钢琴家、作曲家、指挥家、音乐教育家、音乐理论家和作家。
[②] Andreae（Volkmar Andreae，1879—1962），全名福克马尔·安德烈，瑞士指挥家、作曲家。以指挥安东·布鲁克纳（Anton Bruckner）的作品闻名，曾被邀约接替古斯塔夫·马勒（Gustav Mahler）担任纽约爱乐乐团指挥。

流 浪

这些记忆为何在此刻浮现？

我知道了！我想念的不是布索尼，不是苏黎世，更不是马勒。这是记忆的错觉，它喜欢用美好的画面掩盖令人不适的回忆。我现在知道了！餐厅里还有位年轻女子，金发碧眼，面如玫瑰，我甚至未曾与她交谈。天使啊！她的美丽对我来说既是一种享受，亦是一种痛苦。我曾在那时，默默地爱了她整整一小时。我又回到了十八岁的梦想中。

现在，一切都变得清晰起来。美丽、白皙、风趣的女子，我不记得你的名字，但我在山村阳光明媚的街道上，再次为你心动。没有人比我更爱你，没有人像我一样无条件地赋予你支配自己的力量。但我注定不忠。我属于那些风流浪子，从不专一于一人，只热爱爱情本身。

我们这些流浪者皆是如此。我们的放荡不羁和流浪精神有很大一部分是爱情，是情欲。旅行的浪漫主义，不过一半是对冒险的期待，另一半则是无意识的情欲转化和消解的冲动。我们这些流浪者被训练得对爱情充满渴望，因为它们不可能实现，而那些本应属于女人的爱，我们以游戏的心态分给村庄和山川，湖泊和峡谷，分给道上的孩子，桥上的乞丐，田野上的牛、鸟与蝴蝶。我们将爱情剥离于对象之外，爱情本身于我们足矣，犹如我们在徒步旅行中并非追寻目的地，而是追求徒步旅行本身的乐趣，追求路上的欢愉。

面容清秀的年轻女子，我不想知道你的名字。我不想培养和滋养对你的爱。你不是我爱的目标，而是我爱的动力。我送此爱，予路旁之花，予杯中阳光，予教堂之红色洋葱尖顶。你令我爱上这个世界。

哦，愚蠢的废话！昨夜，在山间小屋，我梦见了那个金发女子。我疯狂地爱上了她。如果她能与我同行，我愿意献出余生，以及所有旅行中的快乐。今天整日我都在思念她，为其饮红酒，为其食面包。为了她，我在小册上描绘村庄和塔楼；为了她，我感谢上帝让她活着，让我能见到她；为了她，我将谱曲一首，醉倒在这红酒的芬芳之中。

就这样，我在快乐的南方的第一次休息，注定是在思念山那边的一位金发女子中度过。她那鲜嫩的嘴唇多么美丽！这可怜的生活多么美丽，多么愚蠢，多么令人陶醉！

流 浪

迷途漫漫

夜行者，我在森林和峡谷中摸索前行，
魔法阵在我周围闪烁着奇幻的光芒和轨迹，
无论是诱惑还是诅咒，
我都坚定不移地追随内心的召唤。

多少次，现实将我从梦中唤醒，
在你们的世界之中，命令我加入！
我站在纷扰之中，感到幻灭和恐惧，
但很快又悄悄溜走。

哦，温暖的家园，你们从我身边夺走，
哦，爱情的梦想，你们从我身上剥夺，
我千方百计逃回你的身边，
我的灵魂，如流水回归大海。

泉水轻声地歌唱,暗中指引我的方向,
梦中的鸟儿抖动着闪亮的羽毛;
童年的声音再次在耳边回响,
在金色的织网中,在蜜蜂甜美的歌声中,
在母亲身边,我找到了哭泣的自己。

流 浪

桥

一条小径蜿蜒而上,越过潺潺的山涧,掠过飞流直下的瀑布。我曾走过这条路——不止一次,应该是很多次踏足,但有一次很是特别。那是在战争期间,我的假期即将结束,不得不再次踏上远行的征途,在乡间小径与铁路线上急匆匆地奔波,只为按时回到我的岗位。战争和职责、休假和征召、红色的纸条与绿色的纸条、嘉奖令、部长、将军、办公室——这是一个多么荒诞、多么虚幻的世界。然而,它确实存在,确实拥有毒害大地的力量,把我这个渺小的流浪者和水彩画家从避难所中驱逐出来。那里有草地和葡萄园,桥下是傍晚时分的低语,小溪在暮色中呜咽,湿漉漉的灌木丛在颤抖,一片即将消逝的晚霞在寒冷的天空中延伸,很快就到了萤火虫起舞的时间。对于这里的一石一水,我都怀有深情,它们都是直接来自上帝的居所。但这一切,在那战争的号角声中,显得苍白无力。我对那低垂的湿润灌木的爱是感伤的,现实却是冷酷的战争,它通过将军或军士的号令,催促我奔跑,迫使成千上万的人从世界的每个角落逃离，一个伟大的时代以沉重的步伐来临。我们这些可怜的生灵，奔跑得如此匆忙，时间也变得越来越长，但一路上，桥下呜咽的溪水在我心中吟唱，清凉的夜空中回荡着甜美的倦意，一切都显得如此愚蠢，如此悲伤。

如今，我们再次踏上旅途，沿着各自的溪流，走在各自的路上，用沉静而疲惫的双眼凝望着这个旧世界，灌木丛和草坡。我们缅怀那些已被埋葬的朋友，心中明白这是必然，悲伤地承受着这份重量。

然而，美丽的蓝白色水流依旧从褐色的山涧中流淌，唱着古老的歌谣，灌木丛中满是乌鸫。远方没有传来战号的呼啸，伟大的时代由充满魔力的白天和黑夜、早晨和傍晚、中午和黄昏编织而成，世界那隐忍的心脏继续跳动。当我们躺在草地上，耳朵贴近大地，或在桥上弯腰看水，或久久凝视明亮的天空时，我们便能听到那颗伟大而宁静的心在跳动，那是母亲的心，我们是她的孩子。今天，当我回忆起那个傍晚，当我踏上告别这里的小路时，悲伤的声音已从远方传来，这里的蓝色和芬芳未曾知晓战斗和泪水。

终有一天，那些扭曲和折磨我的生活，常令我感到沉重而焦虑的一切，都将烟消云散。终有一天，平静会伴随着最后的疲惫而来，母亲般的大地会将我拥入怀中。这并非终结，而是重生，是一次沐浴和沉睡，衰老和枯萎将在其中沉没，年轻和新生将开始呼吸。

那时，我将带着全新的思绪，再次漫步在这条路上，聆听溪流的歌声，倾听黄昏的天空，一次又一次，永无止境。

精彩纷呈的世界

无论是青春洋溢还是白发苍苍,我总能感受到它的存在:
在夜色山峦的阳台上沉默的女人,
月光下一条白色道路轻柔地弯曲伸展,
让我那躁动不安的心涌动着无尽的渴望。

哦,熊熊燃烧的世界,哦,阳台上身着白衣的女子,
山谷间回荡的狗吠,远方那连绵不绝的铁路,
哦,你怎么撒谎,哦,你的背叛让我心痛如绞,
然而,你依旧是我心中最温柔的梦境,最甜美的幻想。

我曾多次尝试走进那可怕的"现实",
在那里,律师滔滔不绝,法条冰冷无情,时尚与金钱主宰一切,
但孤独的我却总是逃离,带着失望和莫名的解脱,
到那梦想和幸福的愚蠢四处流淌的地方。

流　浪

树间带着夏日余热的夜风，黑暗中闪动的吉卜赛女郎，

一个充满了愚蠢渴望与诗意芬芳的世界，

我愿永远沉醉在这精彩纷呈的世界，

在这里，你的闪电照亮着我，你的声音呼唤着我。

牧师的宅邸

走过这座美丽的房子,我心中涌起一丝渴望和乡愁的气息。渴望宁静、安宁和市民生活的平淡,怀念舒适的床铺、花园长椅和美食的香气,还有书房、烟草和旧书的温馨。在年少轻狂的时期,我曾对神学嗤之以鼻!如今,我终于领悟到,它是一门充满魅力和魔力的学问,它不涉及琐碎的计量,如米和厘米,也不涉及卑鄙的世界历史,那里充斥着枪炮、嘶吼与背叛。它是一门温柔细腻的学问,探索亲密、爱、神圣的事物,涉及宽恕和救赎,涉及天使和圣礼。

如果像我这样的人能生活在这里,成为牧师,那就太美妙了。尤其是像我这样的人!我会是那个穿一件优雅的黑色牧师袍,在花园里温柔地爱着、只是精神上和寓意上爱着梨树的人吗?我会是那个安慰村里的临终者,研读古老的拉丁文书籍,对厨师温和地下达命令,在星期天带着精彩的布道走过教堂石阶的人吗?

流 浪

在恶劣的天气里,我会点燃温暖的炉火,时不时地倚靠在绿意盎然或蓝调幽深的瓷砖炉旁。我也会立于窗边,对着这样的天气轻轻摇头。

而在晴朗的日子里,我会在花园里忙碌,修剪枝叶,绑扎花架,或站在敞开的窗前,凝视着群山从灰黑色转为玫瑰色,重新焕发光彩。哦,我会怀着深深的同情目送每一位经过我安静房子的旅行者,我会用温柔和善意的目光跟随他,甚至带着渴望,因为他选择了人生更好的部分——成为大地上一位真正诚实的客人和朝圣者,而不是像我这样扮演定居者和主人的角色。

也许我会成为这样的牧师,也许我会是另一种牧师——在昏暗的书房里与浓烈的勃艮第酒共度夜晚,与成千上万的恶魔为伴,或者在恐惧的梦中惊醒,因为与来忏悔的姑娘偷情的秘密罪行让我良心恐惧、心烦意乱。或许我会关上绿色的花园门,让执事来打铃,让魔鬼操控我的职位、我的村庄和整个世界,我会躺在宽大的沙发上,抽烟,沉溺于懒惰。晚上懒得脱衣服,早上懒得起床。

实际上,我永远不会成为这座房子里的牧师,而是和现在一样做个不安分、与人无害的流浪者。我永远不会成为牧师，而是时而是个充满幻想的神学家，时而是个美食家，时而是个酒鬼，时而爱恋少女，时而是个诗人和哑剧演员，时而是个心怀乡愁与痛苦的可怜之人。

因此，无论我从外面还是从里面看那绿色的大门和缀满花草的树木，看那漂亮的花园和庄严的牧师宅邸，无论我的渴望是从街上透过窗户望向安静的神职人员，还是带着羡慕和渴望望向窗外的流浪者，都没有区别。无论我是此处的牧师，还是路上的流浪者，都没有区别。除了对我来说极重要的几件事，一切都一样。我感受到生命在我体内抽动，无论在舌尖之上还是在脚底板上，无论在欲望之中还是在痛苦之中，我的灵魂是流动的，可以用一百种想象的游戏偷换成一百种形式，变为牧师和流浪者，变成厨师和凶犯，变成儿童和动物，尤其是鸟儿，甚至是树木，这些都必不可少，都是我想要的，也都是我生存所需要的。如果这些都没有，只依靠所谓"现实"生活，那我宁愿去死。

我靠在喷泉边，勾勒出牧师宅邸的轮廓，有我最喜欢的绿色房门，以及后面的教堂塔楼。我能将门涂得比实际更绿，将教堂塔楼拉长。最重要的是，我在这座房子旁的一刻，拥有了家的感觉。我将会对这座我仅看外观、不识其中之人的牧师宅邸怀有乡愁，如同对那些儿时快乐之地怀有的乡愁一样。所以在这里的一刻钟，我也像孩子一样快乐无比。

农 庄

每当我踏足这片阿尔卑斯山南麓的圣洁之地,胸中便涌起一股如流亡者归乡的感动,仿佛终于归返了山脉正确的一边。此处,阳光更为热烈地拥吻大地,峰峦披挂着更为浓烈的红霞,栗子、葡萄、杏仁和无花果在此自在生长;此处,尽管物质俭朴,居民们却有着善良、礼貌、友爱的灵魂。他们的一举一动,皆如自然生长,自在、适宜、洋溢着温情,宛如一切皆从大地母亲的怀抱中自然萌发。房屋、围墙、葡萄园的阶梯、小径、草木与露台,一切既非新颖亦非古老,一切仿佛未经雕琢、未经诠释、未曾与自然剥离,其存在如岩石、如树木、如苔藓,是自然的呼吸,是时光的印记。葡萄园的墙壁、房屋与屋顶,皆由相同的棕色花岗岩砌成,皆如手足般和谐。任何事物皆未显出疏离、敌对或暴虐,一切皆显得亲密、欢愉,如兄弟般和睦。

无论你的心指引你停驻何处,无论是在墙壁之畔、岩石之上、树桩之侧、草地之中抑或泥土之上:每一方土地皆绘就为一幅生动的画卷,每一个角落皆充满和谐与欢乐的诗歌。

一处朴素的农家小院坐落于此,清贫的农人在此宁静度日。他们不曾拥有牛群,但有猪、羊、鸡相伴,种植葡萄、玉米。石头堆砌的房屋,从地板到楼梯,两根石柱间铺就的台阶通往院落。在植物与岩石间,那波光粼粼的湛蓝湖水随处可见。

所有的烦恼与忧虑,似乎皆被雪山的雄伟身姿阻挡。在苦难与丑陋的世界中,人们常陷入深沉的思索与忧虑!在那里寻找生存的意义是何等艰辛,又是何等迫切,否则,生命将迷失方向。然而在此处,一切烦恼皆随风而逝,思绪化作了风中的游戏。人们会感受到:世界如此美好,生命如此短暂。并非所有的欲望都能平息:我渴望拥有更多的眼观察这世界,拥有更多的肺呼吸这清新的空气;我伸展双腿到草地上,期望它们能够触及更远的地方。

我想化身为一个巨人,躺卧在山羊漫步的高原之上,头顶轻触着皑皑白雪,脚趾在下方深邃的湖泊中嬉戏。就这样永恒地躺下,不再起身,任由灌木在手指尖生长,高山玫瑰在发丝间绽放，我的膝盖变成山峦，我的身躯覆盖着葡萄园、房屋和教堂。我愿如此躺卧万年，时而仰望蔚蓝的天空，时而俯瞰清澈的湖泊。我的一次喷嚏，将唤来雷雨；我的一次呼吸，将使积雪消融，瀑布飞流。若我长眠，世界也将随之消逝。然后我将穿越汪洋，追寻崭新的太阳。

今夜，我将睡在何处？这无关紧要！世界将何去何从？是否诞生了新的神明、新的法则、新的自由？这些都不值一提！重要的是，这里的报春花在绽放，银色的绒毛装点着绿叶，轻柔的甜风在白杨树间歌唱，一只暗金色的蜜蜂在我的眼眸与苍穹之间翩翩起舞——那才是不容忽视的。它在唱着幸福的歌谣，它在唱着永恒的旋律。这歌声，便是我的世界历史。

雨

大雨，夏雨，
在灌木丛中，在树间低语。
哦，何等美妙，充满了祝福，
再次沉醉于梦幻的温柔怀抱！

久沐阳光之浴，
这波涛于我而言如此陌生：
在自己灵魂的碧波中悠然自得，
不为他物所扰，不为外事所引。

我无所求，亦无所欲，
轻柔哼唱着孩童的旋律，
奇迹般，我重返
梦中温暖的绮丽之地。

心啊,你曾如何被撕裂,
在盲目摸索中,幸福如此真切,
不去思考,不去知晓,
只是感受,只是呼吸!

树　木

　　树木于我，始终是最深沉的传道者。我怀着敬畏之心仰望它们，无论在市井熙攘中，还是于深林幽静中。然而，对于那些孤独矗立的树木，我更是怀有一份敬仰。它们宛如超然的隐士，而非避世的懦夫，是如贝多芬、尼采那般伟大的独行的人。在它们的枝丫间，世界轻轻地低语，根系深植于辽阔的大地之中。它们未曾在其中迷失方向，而是全心全意地追求唯一的使命：遵循内在法则，塑造自身形态，展现自身风采。没有什么比一棵美丽而强健的树更加神圣，没有什么比它更具启示意义。当一棵树倒下，其裸露的创口在日光下展露无遗，你可以在其清晰的树桩截面上读出它的全部历史：每一个年轮、每一处疤痕都忠实地记录着斗争与苦痛、疾病与欢乐、丰收与荒年、历经的风霜与抵御的风暴。农人之子都知道，最坚硬高贵的树木，年轮最为紧密。那些树在高山之巅、永恒险境中生长，最为坚不可摧，最为雄壮，堪称生命之楷模。

树林，是我们的圣地。懂得与树木对话、倾听其心声的人，将洞悉生命的真谛。它们不讲授冰冷的教条，而是传扬生命的本源之律。

一棵树轻语：在我体内，蕴藏着核心、火花、思想，我是自永恒生命而来的使者。永恒之母创造了我，我是独一无二的尝试和杰作，我的形态、我肌肤的纹理、我树冠上最纤巧的叶片、我树皮上最细微的痕迹，皆是我使命的篇章——在独一的特性中雕琢永恒，呈现永恒。

一棵树轻语：我的力量源自信赖。我不知我父，亦不识我每年所孕育的千万子孙。我活在种子的奥秘之中，我相信上帝与我同在。我相信我的使命神圣无比。是这信赖，赋予我生命之息。

当我们心怀忧伤，无法负担生活的重负时，一棵树会对我们说：安静！安静！看着我！生活不容易，亦不困难。这些，不过是幼稚的忧虑。让上帝在你心中发声，它们便会消散。你们之所以畏惧，是因为你的路途使你偏离了母亲与家园。然而，每一步、每一天都引领着你们重返母亲身边。家园不在此处或彼处，而是存于你心，否则无处可去。

流　浪

　　每当黄昏降临，我倾听树木在风中低吟，心中便涌现对远方的渴望。静默聆听，持久聆听，那漂泊的渴望也会向你揭示其核心与真谛。它并非逃避苦痛的渴望，而是对家的渴望，对母亲记忆的渴望，对生命新寓言的渴求。它引领你归家。每一条路都通往故乡，每一步都是新生，每一步都是死亡，每一座坟墓都是母亲的怀抱。

　　当我们对自己孩童般的思绪感到恐惧时，树木在黄昏的风中细语。树木承载着悠久而深邃的沉思，缓慢而宁谧，因为它们比我们历经更多的岁月。在我们学会倾听之前，它们总是比我们更睿智。然而，一旦我们学会了倾听树木的声音，我们那些短暂、焦躁、稚嫩的思想便获得了无与伦比的欢愉。那些学会倾听树木的人，不再渴望成为一棵树。他们不再渴望成为任何他物，只渴望成为真实的自己。此即家园。此即幸福。

绘画之趣

田野里，金黄满溢却以银两衡计，
草地四周铁网缠绕，
欲望与需求腐朽交错，
一切似乎被囚禁起来。

然而在我眼中，
栖息着万物的另一种秩序，
紫罗兰融化，艳红色称霸，
我吟唱着它们纯真的歌曲。

黄中有黄，黄中有红，
冷蓝中泛红，
光与色在世界间跃动，
云与彩在爱之涟漪中翻滚鸣响。

流　浪

精神主宰万物，抚慰所有伤痛，
绿色从新生之泉中喷薄而出，
世界焕然一新，
在我心中，它变得欢快而明朗。

雨　天

湖上被一片灰蒙蒙的慵散雾霭笼罩，雨意浓郁，似乎随时可能化作倾盆大雨。我漫步在靠近我暂居旅馆的沙滩上。

有些雨天能够激发人的心灵，带来一股清新与愉快。但今日的情况却并非如此。湿气不断下沉，在凝重的空气中升腾，云层之中，新的云团不断汇聚。天空似乎被犹豫与阴郁的情绪所填满。

原定的夜晚本应美妙绝伦：在渔村酒馆中品尝晚餐，留宿，在沙滩上散步，在湖中游泳，或许是在月光的洗礼下尽情畅游。然而此时，一片布满疑云、阴郁的天空正紧张且不定地洒落它那无常的阵雨，我也随之紧张且不定地穿行于这变幻莫测的风景之中。或许是昨夜酒酣耳热，或许是酒未尽兴，或许是梦中所见令人心绪不宁。天晓得何故。心情跌至谷底，空气沉闷而痛苦，思绪阴郁，世界失色。

流 浪

今夜，我将令人烤制鲜美的湖鱼，且将村酿红酒畅饮。我们将重燃世界的光辉，让生活再次变得可以承受。在酒馆的暖意中，我们将点燃壁炉，如此便不再听闻、不再目睹这令人厌烦的沉闷之雨。我将悠然地抽着布里萨戈①的长雪茄，将酒杯对着火光，观赏它在血色的光影中闪烁。我们一定这样做。夜晚终将逝去，我将得以安眠，明日一切必将焕然一新。

雨滴轻拍着浅滩，凉风在湿润的树木间穿梭，它们像铅灰色的死鱼般闪烁亮光。恶魔已在汤中吐毒。无一是和谐，无一是声响，无一是欢乐与温暖。一切皆是荒凉、悲伤、糟糕。所有琴弦都走调，所有色彩都失真。

我深知其中缘故，非因昨夜之醉，非因卧榻之硬，亦非因阴雨霏霏，而是心魔搅扰，拨弄着一根根失调之弦。恐惧复萌，源自稚嫩梦境，源自寓言传说，源自学堂少年时光。恐惧，无法改变的禁锢，忧郁，厌恶。世界何其乏味！日复一日，起床、餐食、生计，何其可怖！人何以维生？何以愚昧地保持良善？何不早早投身湖底？

无可救药。人不能兼为流浪者与艺术家，兼为市侩与体

---

① Brissago，位于瑞士南部的城镇，由提契诺州管辖。

面的健康人。欲求狂欢，必忍宿醉！若对阳光与美好幻想言"是"，对污秽与厌憎亦须言"是"！一切尽在心中，金与土，喜与悲，童稚笑声与死亡之惧。对一切言"是"，不要逃避，不要谎言！你非市侩，非希腊人，非和谐之主，亦非己之主，而是暴风中的飞鸟。让风暴降临！任己漂流！你曾撒下多少谎言！你曾有多少回，即便在诗与书中，假装和谐，假装智慧，假装欢愉，假装清醒！那些在战火中挺身而出的英雄，其内心却在战栗不止！哦，上帝啊，人是可怜的猴子和镜面剑客——尤其是艺术家——尤其是诗人——尤其是我！

今夜，我将以烤鱼为食，以诺斯特拉诺红酒①为饮，吸着雪茄，向火焰轻轻吐露心声，缅怀母亲的温柔，试图从恐惧与悲伤的深渊中提炼出一滴甜蜜。随后，我将躺卧于薄壁之榻，聆听风的低语与雨的轻吟，与心悸斗争，渴望着终结，恐惧着消逝，呼唤着上苍。直至尽头，直至绝望的疲惫，直至那似睡非睡、似慰非慰的梦境再次向我招手。如此，如我二十岁之况，今日之况，将来亦复如是，直至生命的终章。我将不得不一次次以这些日子，为我那可爱、美好的生活付出代价。这些昼夜将一次次降临，带来恐惧、厌恶与绝望。然而，我将活下

---

① Nostrano，一种产自瑞士提契诺州的乡村红酒。

流 浪

去，我将热爱生活。

　　哦，山间云雾，何其阴郁！湖上微光，何其刺目而又虚妄！内心思绪，何其愚蠢而又无望！

小小教堂

那座玫瑰红色的小小教堂,尖顶巧夺天工,身形玲珑剔透,定是出自心怀善意与温柔之人的手笔,亦是那些灵魂深处充满虔敬之情的人所筑就。

常听人言,这个年代,虔诚之人已难觅踪影。人们或许还会说,音乐与蔚蓝的天空也已消逝于世。然而,我坚信,虔诚之人仍旧在世间的某个角落静静绽放。我自身便是这样的一个信徒。然而,我的信仰之路并非始终如此。

虔敬之路,人各不同。于我,那是一条穿越无数错痛、穿越自我折磨的荒原、穿越愚昧之林的小径。曾几何时,我是自由思想的信徒,将虔诚视为心灵的痼疾。我曾是苦行之人,以肉体磨难为荣。直至今日,我方悟出,虔诚乃是健康与欢乐的表征。

虔诚,不过是信任的别名。信任,乃是心灵纯净、无邪者与生俱来之天赋，是孩童、野人所共有之本能。而我们，已不再纯洁无瑕，必须历经曲折，方能寻得信任之光。信任自己，即是信仰之始。信仰，并非以自责、罪恶感、良心之谴责来获得，亦非通过苦修与牺牲来换取。所有努力，皆向着超脱于自我之外的神明。而我们真应信仰的上帝，就在我们内心深处。自言"不"者，难言"是"于上帝。

哦，亲爱的，这片土地上令人眷恋的小小教堂啊！你们刻着的标志与铭文不属于我。信徒们在你们怀中虔诚祈祷，而我却不解他们的祷言。然而，我仍可在你们的静谧中祈祷，如同在葱郁的橡树林或辽远的高山草甸一般。你们自绿意盎然中绽放，以黄、以白、以玫瑰之色泽，宛如青春之歌在春天里悠扬。在你们的庇护下，每一种祈祷皆得宽容，皆显圣洁。

祈祷如斯神圣，如斯抚慰人心，宛若歌声飞扬。祈祷乃信任的心声，乃心灵的确认。真正的祈祷者不求索取，仅是倾诉自身的境遇与渴望，他们唱出自己的苦楚与感恩，如同孩童般纯真。因而，在比萨教堂的墓地的绿洲与芦苇丛中，那些绘制幸福的隐士们的祷告，成了世间最动人的画面。树木亦然，动物亦然。在杰出画家的笔下，每一棵树、每一座山峰，皆在默祷之中。

那些源自虔诚新教家庭的灵魂，他们需跋涉漫漫长路，方可觅得如此纯净的祈祷。他们深谙良心的煎熬，他们尝尽了灵魂的分裂与苦楚，他们穿越了心灵的磨难与绝望的深渊。然而，在旅途的终站，他们惊讶地发现，自己孜孜以求的幸福，竟是这般朴素、这般自然。荆棘密布的道路，并非徒劳无功。那些重归故里之人，与那些从未踏出家门之人截然不同。他们的爱更为深沉，他们更能洞察是非与妄念之外的真谛。正义，乃是那些安居乐业之人的德行，是古老的德行，是人类最本初的德行。而我们，这些远行的游子，无须依赖于它。我们仅知晓一种幸福，那便是爱；我们仅知晓一种德行，那便是信任。

我心羡慕你们的教堂，羡慕你们的信徒，羡慕你们的会众。无数信徒在你们的庇护下倾吐忧伤，无数孩童为你们的门槛加冕，敬献烛火。然而我们的信仰，那些孤独旅者的虔诚，却是孤独的。那些守护着古老信仰之人不愿与我们同行，而世间的潮流匆匆掠过我们孤岛的边缘。

在邻近的草地上，我采摘了报春花、三叶草与毛茛，将它们敬献于小小教堂之内。我安坐于门廊下的栅栏之上，在清晨的宁静中低吟我虔诚的颂歌。我的帽子悬挂在褐色的墙上，一只蓝色的蝴蝶轻憩其上。远方的山谷中，火车的鸣响轻柔而悠长。灌木丛上的朝露，依旧闪烁着晶莹的光芒。

无　常

自生命之树落在我身上，
一片叶，又一片叶。
哦，这绚烂多姿的世界，
何以赋予我生命之丰盈，
何以令我疲惫不堪，
何以令我沉醉忘返！
今日之辉煌璀璨，
须臾间便消逝无踪。
不久的将来，风儿即将旋起，
掠过我褐色的坟茔，
幼小孩童的身畔，
母亲俯身低语。
愿能再次沉溺于她的眼眸，
她的目光是我心中的星辰，
其余万物终将消逝无踪，

一切终将离去，一切将欣然离去。
唯有那永恒的母亲长存，
我们源自其怀抱，
她轻盈的指尖在瞬息万变的空气中，
书写下我们的名字。

午后时光

天空再次露出明媚的笑容，充沛的空气在万物之上飞舞。遥远的异乡，再度化为我的归宿，他乡成了故土。湖畔大树下，成为我今日的栖息之所，我勾勒了一间小屋、一群牲畜和几朵流云。我写了一封信函，却无意将其寄出。此时，我从囊中取出食物：面包、香肠、坚果与巧克力。

近旁的白桦林内，枯枝满地。我心生一念，欲引火为伴，与之共坐。步履踏去，枯枝满怀抱，纸张放在其下，点燃火焰。轻烟袅袅升腾，鲜红的火舌好奇地凝视着正午的阳光。

香肠的美味，令人回味无穷，明日定当再买一根。若旁边有栗子，于篝火旁烤食，岂不妙哉！

饱餐之后，我以外套为席，头枕其上，仰望着我那纤细的烟柱缓缓升向明净的苍穹。音乐与欢庆，此刻不可或缺。我心中回荡着艾辛多夫①的诗歌，虽能背诵者寥寥，部分歌词亦已遗忘。我随着雨果·沃尔夫和奥特马·舍克②的曲调，轻吟浅唱。其中《若要远行》（*Wer in die Fremde will wandern*）和《你忠诚美丽的声音》（*Du liebe treue Laute*）尤为动人心弦。曲中虽带有忧伤之色，然忧伤不过是夏日天际的一抹云影，其后依旧是灿烂的阳光与坚定的信任。艾辛多夫便是这般，在此之上，他比默里克③和莱瑙④更胜一筹。

若母亲仍在人世，我必怀思不已，向她吐露心中所有应诉之言。

---

① Joseph von Eichendorff（1788—1857），德国浪漫主义时期的重要诗人和作家，他的作品以对自然、神秘主义和浪漫主义情感的描绘而著称。他的诗歌作品受到了音乐家的广泛欣赏，其中包括理查德·瓦格纳、罗伯特·舒曼等。其诗歌常常被音乐家们作为作曲素材，用来创作歌曲和音乐曲目。
② Othmar Schoeck（1886—1957），瑞士艺术歌曲作曲家，音乐风格深受德国浪漫主义的影响，也曾将艾辛多夫的诗歌作为作曲素材，创作了一些优美的艺术歌曲。
③ Eduard Mörike（1804—1875），德国浪漫主义时期的诗人和小说家。其作品以优美的语言以及对自然、人情、宗教和神秘主题的描绘而闻名。
④ Nikolaus Lenau（1802—1850），奥地利浪漫主义诗人，被认为是德语文学史上最重要的浪漫主义诗人之一。其诗歌以悲伤、忧郁和孤独的情感表达而闻名，受到了德语文学浪漫主义运动的影响。

流 浪

然而，缓步向我走来的是一位十岁的黑发少女。她与我并肩凝望那熊熊的火堆，从我手中接过坚果和巧克力，坐在我身旁的草地上，以孩童的庄严与肃穆，诉说她的山羊与兄长的故事。相比之下，我们这些长者，是何等愚蠢！随后，她将踏上归途，为父亲送去餐食。她礼貌而严肃地向我道别，穿着红袜踏着木屐，走远了。她名为安努齐亚塔。

火堆已经熄灭。太阳悄然退去。今日，我仍需踏上漫长的旅途。整理行囊之际，我又想起一首艾辛多夫的歌谣，跪地而歌：

不久，啊，何其迅捷，宁静将至，
我将安息，在我之上，
森林的幽深孤寂在叶语声中摇曳，
在此，无人再识我名。

我首次体会到，即便在这动人的诗句中，哀愁亦不过是一片云影。这哀愁，不过是无常的柔和乐章，如若缺少它，美便无法触动我们的心灵。它是无痛之悲。携带着这份哀愁，我踏上旅程，心满意足地小跑上山，脚下是深不见底的湖泊，途经磨坊溪流旁的栗树和沉睡的车轮，我步入宁静蔚蓝的时光。

走向死亡的旅者

你终将缓步踱至我身旁,
你不会将我遗忘,
苦痛将到达尽头,
束缚将化作尘埃。

你仍显得陌生而遥远,
亲爱的兄弟——死亡。
你如同一颗静谧的星,
高悬于我苦难的苍穹之上。

然而,你终将来临,
携着熊熊烈火,靠近我的身旁。
来吧,亲爱的死亡,我在此等候,
带我离开,我属于你!

流浪

湖、树、山

　　昔日，有湖一方。一棵绿黄相间的春日树木，伫立在湛蓝的湖波与碧空之间。远方，天幕静卧于穹形山峦之上。旅者坐在树下，黄花如雨，轻轻洒落在他的肩头。疲惫侵袭，他合上双眼。梦境，自黄色的枝头缓缓降临到他身上。

　　旅者身形渐渐缩化为幼童，在屋后幽静的花园里，耳畔回荡着母亲的歌声。他看见一只蝴蝶在飞翔，甜美的、欢乐的黄蝶在蓝天中翩跹。他追逐着蝴蝶。他跑过草地，跑过小溪，跑到湖边。蝴蝶起舞于水面之上，男孩亦随之腾空，轻盈而欢快，在蔚蓝的苍穹中自由翱翔。阳光洒满了他的翅膀。他追着黄色的蝴蝶，飞过湖面，飞过山峦，上帝站在云端歌唱。天使环绕其侧，其中一位宛如男孩的母亲，她倾倒翠绿的水壶于郁金香花坛，让花儿啜饮。男孩飞至她身旁，化为天使，拥抱母亲。旅者揉了揉眼睛，再次闭上。他摘下一朵红色郁金香，放在母亲的胸前。他摘下一朵郁金香，插在母亲的头发上。天使与蝴蝶飞舞而至，世间飞禽走兽、游鱼纷纷来归，唤其名而至，归属于他，任其抚摸，任其询问，然后继续飞翔。

旅者从梦中醒来，心中回荡着天使的影像。他听见树叶轻轻地飘落，看见微弱而平静的生命在金色溪水中上下涌动。山峰凝视着他，上帝穿着褐色的斗篷倚在山间吟唱。这歌声穿越晶莹的湖面。这是一首简单的旋律，与树中生命之细流，与心中血液之细流，与梦中金色之细流，相互交织，共鸣不息。

于是，他随之歌唱，歌声徐缓而悠长。其旋律不造作，宛如空气与波涛的自然碰撞，仅是低沉的嗡鸣，蜜蜂的轻吟。这首歌与远方歌唱的上帝相应，与树中流淌的歌声相和，与血液悄然的歌唱相融。

许久许久，旅者自吟自唱，如春风拂过风铃的悠扬，如草丛中蚱蜢的鸣叫。他的歌声，或持续一小时，或绵延一年。带着童真的纯净与神圣的光辉，他歌唱蝴蝶的轻盈，也歌唱母亲的温柔；歌唱郁金香的绚烂，也歌唱湖水的宁静；歌唱自己血液中的生命，也歌唱树木中血液的活力。

他继续前行，毫无目的地奔跑于温暖的乡间，渐渐地，他忆起了自己的路线，忆起了自己的追求，忆起了自己的名字，忆起了今日是周二，忆起了火车从那里通往米兰。而在远方，湖对岸的歌声依旧回荡。褐袍的上帝立于彼岸，仍在歌唱，然而旅者的耳朵却渐渐听不清了。

色彩之魔力

上帝的气息轻拂而过,
在天之涯,在海之角,
光明织就了无数旋律,
上帝化作色彩斑斓的世界。

由素白至墨黑,由炽热至清冷,
感官不断被新的魅力唤醒,
混沌的迷雾逐渐散去,
彩虹再次绚烂绽放。

如此,在我们的灵魂中行走,
转化成万千苦楚与欢愉,
上帝之光辉,创造了万象,
我们赞美上帝,如同赞美太阳。

流 浪

多云的天空

在嶙峋的岩缝间,在矮小的灌木丛中,花朵悄然绽放。我躺卧其间,仰望着暮色渐浓的天空,数小时的宁静中,天空被细小、宁静、纷乱的云朵渐渐覆盖。高空中必有风,而在此的我却无从感知。它们如同纱线般编织着云丝。

正如水的蒸发与降落遵循一定的节奏,四季轮回、潮汐涨落亦有其规律,而我们内心的种种亦是遵循着规律与节奏流转。有位弗利斯教授,他潜心研究算出了数字序列,描绘了生命过程中周期性的循环。这听起来似乎带有卡巴拉[①]的色彩,然而卡巴拉或许亦是另一种形式的科学。德国教授对此不屑一顾,但这种轻蔑,或许正是其真实性的证明。

[①] Kabbala,犹太教的一个神秘主义传统,其教义和实践涉及各种复杂的概念和符号,对于非专家来说可能会感到晦涩和难以理解。尽管如此,卡巴拉在犹太教内部有着深远的影响,被认为是一种重要的宗教和哲学传统。

我所恐惧的生命暗潮，亦遵循着不可言喻的规律。我无法确切知晓那些日子与数字，未曾持之以恒地记录下日记。我不愿深究，23与27这两个数字，或其他任何数字，是否与之有所牵连。我仅知晓，偶尔，我的灵魂深处会无缘无故地掀起黑暗的波澜。无须任何外因，阴影宛如云翳般笼罩世界。欢乐变得虚假空洞，音乐变得沉闷乏味。忧郁主宰一切，死亡似乎比生活更为美好。这种忧郁，如同癫痫般，不定期地发作，我不知其周期，它悄然使我的天空布满阴霾。它源自内心的不安，对恐惧的预感，可能还有夜晚的噩梦。那些我喜欢的人、房屋、色彩、声音都变得可疑，似乎成了虚假。音乐引人头痛。所有的信件都带有令人不快的效果，暗藏讽刺。在这些时刻，被迫与人交谈成了一种折磨，不可避免地引发争执。这些时刻，是你不愿持枪的原因，也是你渴望枪械的时刻。愤怒、痛苦、责备，针对一切，指向人、动物、天气、上帝、阅读的书页、身着的衣料。然而，这些情绪并非针对外在事物，它们最终回归自身。我才是应受憎恨之人。是我，为世界带来了失调与仇恨。

今日，我已挣脱往昔的阴霾。我明白，可以期待过上一段宁静的日子。我深知，这个世界何其壮丽，对我而言，它胜过一切美好，色彩愈加迷人，空气满载幸福，光影柔和而温馨。我深知，为了这些灿烂的时光，必须以生活中难以忍受的日子为代价。治愈忧郁的方法众多：歌声、信仰、饮酒、创作音乐、写诗、散步。我依仗这些慰藉生存，宛如隐士依恋经卷。有时我感慨，美好的时光如此稀缺，似乎难以补偿那些晦暗的日子。然而有时我惊喜地发现，我已在进步之中，美好的时光渐增，阴霾的日子渐减。即便在最为黯淡的时刻，我也不愿目睹那介于喜悦与悲伤之间的中间状态，那温和而可以忍受的中庸之道。不，我更愿意生活的曲线波澜壮阔——宁愿痛苦更加深重，以便那些幸福的时刻更加灿烂！

随着忧郁之雾渐渐散去，生活再次绽放出其原有的光彩，天空重新披上了美丽的霞光，步履再次充满了意义。在这复苏的日子里，我体会到一种渐愈的情绪：虽疲惫却无痛楚，虽顺从却无苦涩，虽感激而无自责。生命的轨迹再次缓缓攀升。你再次轻吟起悠扬的歌谣，再次撷取花朵的芬芳，再次挥动着手中的行杖。你依旧生机盎然。你再次跨越了生命的低谷。未来，或许还有无数次的挑战等待着你。

我无法断言，这多云、宁静而变幻莫测的天空是否能映射到我的灵魂，或者，我是否只是从这片天空中窥见了我内心的倒影。有时，这一切都显得如此扑朔迷离！有时，我坚信无人能像我这样，用我那历经沧桑、敏感的游吟诗人的心，如此细腻、精确、忠诚地感知到那些大气与云层的微妙变化，那些色彩、气息与湿度的波动。然而，就像今天这样，我又会质疑自己是否真的曾经目睹、聆听或嗅探到过任何东西，怀疑那些我认为感知到的一切是否仅是我内心世界的外在投射。

流 浪

红色屋舍

　　红色的屋舍，从你的小花园与葡萄园里，我似乎嗅到了阿尔卑斯山南麓的气息！我曾无数次在你的门前经过，每一次，我那游子的心弦都为之震颤，唤起对家的深切思念，再次奏响那古老而又亲切的乐章：家，那座掩映在绿荫中的小屋，四周宁静安详，远处的村庄在夜幕下静静安眠。晨曦中的居室，我的床榻，属于我自己的床榻；朝南处摆放我的书桌，墙上悬挂着的，是我在布雷西亚①之旅中寻得的一幅小巧而古老的圣母像。

　　正如白昼居于黎明与黄昏之间，我的生活亦在对旅途的无尽向往与对家的深沉眷恋间游移摇摆。或许终有一刻，我将远行至足够遥远的彼岸，旅行与远方在我心中各占有一席之地，我心中珍藏它们的影像，而不再追逐它们的实体。也许我

---

① Brescia，意大利北部城市，隶属伦巴第大区，拥有众多中世纪教堂、博物馆及美术馆。

终将抵达那心中有家的境界，那时对花园与红屋的渴望将不复存在——在我灵魂深处已拥有了一个家园。

届时，生活将焕然一新！它将拥有一个核心，所有生命力皆从此核心喷薄而出。

然而，我目前的生活尚无此核心，而是在众多对立的极点间飘荡。在此处渴望家园的温馨，在彼处渴望旅途的自由。在此处寻求孤独与修道院的宁静，在彼处追求爱与社群的欢腾！我曾收藏书籍与画作，后又将它们赠予他人。我曾沉溺于奢华与恶习，又转向禁欲与自我惩戒的清规。我曾虔诚地将生命视为至高无上的物质来崇拜，现在又逐渐学会将其视为一种功能，去认识和热爱。

然而，改变自我并非我的天职，那是属于奇迹的疆域。那些追寻奇迹、呼唤奇迹、助力奇迹的人，终将发现奇迹的飘然远逝。我的使命，是在众多紧张的对立之中徘徊，随时准备迎接奇迹的恩赐。我的使命，是保持一颗永不满足的心，承受那份难以言说的不安。

绿色掩映中的红色屋舍！我已与你相遇，不愿再次重逢。我曾拥有过家园，亲手筑起过自己的房子，量度过墙壁与屋顶，于花园中铺就过小径，曾以自己的画作装点过自家四壁。每个人心中都有这样的憧憬——幸运的是，我已一一体验过它们！在生命的道路上，我的诸多愿望皆得以成真。我渴望成为诗人，于是我跻身诗坛；我渴望拥有居所，于是我筑起了房屋；我期望有妻儿相伴，于是他们来到了我的身旁；我渴望与人交流，影响他们的心灵，我亦实现了这一愿望。每一次的实现都很快转变为满足，而满足却是我难以承受之重。我开始质疑写作的意义，房屋变得狭小压抑。每一个目标的达成并非真正的归宿，每一条路皆是歧途，每一次的休憩都孕育着新的渴望。

我将继续踏上无数的歧途，更多的实现或许会带来更多的失望。然而，终有一刻，万物将显露其真谛。

对立消融之处，依稀可见涅槃。我内心深处那渴望之星，依旧燃烧着不灭的火焰，我那挚爱的渴望之星。

傍　晚

傍晚降临，恋人们
穿行于田野的宁静之中。
妇女轻解发髻，
商贾细数金银，
市民急切地翻阅
晚报中的最新消息，
孩子们紧握着小拳头，
沉入那温柔的梦乡。
每个人行走在各自真实的轨迹上，
践行着各自崇高的使命，
市民、婴儿、情侣——
我岂能独行其外？

是的！即便是我黄昏中的所作所为，
身为尘世的奴隶，

流 浪

亦与世界之魂相连,
它们自有其深意。
于是我踱来踱去,
心随律动起舞,
唱着愚蠢的街头小调,
赞美着上帝,亦赞美自己,
饮着酒,沉醉于幻想,
想象自己是一位波斯君王,
感受着肾上腺的激荡,
微微一笑,再饮一杯,
对我的心说"是"
(晨光初现,此情已逝),
用往昔的苦痛
编织成戏谑的诗篇,
仰望月亮和星辰盘旋,
解读其中奥秘,
跟随它们同行,
任命运引领,无论至何方。

赫尔曼·黑塞（Hermann Hesse）

作家、诗人、画家，20世纪最伟大的文学家之一。
他热爱大自然，文章、诗歌写作深受浪漫主义的影响，
被称为德国浪漫派最后一位骑士。

黑塞年谱

1877年　黑塞出生在德国卡尔夫，父亲约翰内斯·黑塞是传教士，母亲玛丽·黑塞是虔诚的信徒，家庭宗教氛围浓厚。

1881年　4岁　因父母从事指导海外传教士工作，随家人移居瑞士巴塞尔。

1884年　7岁　开始写诗。

1886年　9岁　随家人搬回卡尔夫，就读于卡尔夫小学和拉丁语学校。

1891年　14岁　通过"邦试"，考入毛尔布伦修道院。

1892年　15岁　逃离学校，放弃学业。

1894年　17岁　在卡尔夫的机械工厂见习。

1895年　18岁　在图宾根的赫肯豪尔书店见习。开始诗歌与散文的创作。

1899年　22岁　自费出版第一本诗集《浪漫之歌》(*Romantische Lieder*)，收录他18岁至21岁的诗作，由德累斯顿的毕尔森书店印行。之后由莱比锡的第底利西斯书店出版《午夜后一小时》(*Eine Stunde hinter Mitternacht*)，收录他在图宾根时期的九篇散文作品。7月末离开赫肯豪尔书店。

1904年　27岁　发表长篇小说《彼得·卡门青》(*Peter Camenzind*)，一举成名，获得包恩费尔德奖(Bauernfeld-Preis)，奠定新进作家地位，从此成为专业作家。同年，与钢琴家玛丽亚·贝诺利结婚，移居波登湖畔。

1905年　28岁　长子布鲁诺出生。

1906年　29岁　《在轮下》(*Unterm Rad*)正式出版，成为他创作生涯中的重要里程碑。此外，他继续创作中篇、短篇与随想。

1909年　32岁　次子海纳出生。访问作家维尔赫姆·拉别，加深了他对诗歌领域的探索。

1910年　33岁　关于音乐家的小说《盖特露德》(*Gertrud*)出版。

1911年　34岁　三子马丁出生。

1912年　35岁　携全家迁居瑞士，住在伯尔尼一位朋友的故居中。之后，除了写诗、撰文抨击沙文主义，他还支援德国流亡者出版的刊物。

1913年　36岁　游记《印度之行》（*Aus Indien*）出版。

1914年　37岁　关于画家的小说《艺术家的命运》（*Rosshalde*）出版。7月，第一次世界大战爆发。他通过编辑报纸与图书，参与了对德国战俘的慰藉工作。

1915年　38岁　《漂泊的灵魂》（*Knulp*）、诗集《孤独者之歌》（*Musik des Einsamen*）出版，展现了他对人性及自我内心世界的深刻理解。

1916年　39岁　《青春是美好的》（*Schön ist die Jugend*）出版。父亲约翰内斯去世，三子病重。他与玛丽亚·贝诺利的婚姻濒临破裂。

1919年　42岁　移居蒙太格诺拉，用"辛克莱"这一笔名发表小说《德米安》（*Demian*），引起战后读者的热烈反响，以此获得新作家方达内奖（Fontane-Preis），未去领奖。次年第九版才以真名重刊。

1920年　43岁　诗画集《画家的故事》（*Gedichte des Malers*）、诗文画集《流浪》（*Wanderung*）、小说《克林索尔的最后一个夏天》（*Klingsors letzter Sommer*）等出版。

1922年　45岁　《悉达多》（*Siddhartha*）出版。

1923年　46岁　与玛丽亚正式离婚。加入瑞士国籍。

1924年　47岁　与瑞士女作家莉莎·布恩卡的女儿露蒂结婚，这段婚姻仅维持了三年。

1925年　48岁　小说《温泉疗养客》(*Kurgast*)出版。

1927年　50岁　《荒原狼》(*Der Steppenwolf*)出版，引起德国文学界的激烈争论。与第二任妻子露蒂离婚。与之后的伴侣、艺术家妮侬·杜鲁宾相识。

1928年　51岁　去慕尼黑访问托马斯·曼。

1929年　52岁　诗集《夜里的安慰》(*Trost der Nacht*)出版，收录他1915年之后的诗。

1930年　53岁　《纳尔齐斯与歌尔德蒙》(*Narziss und Goldmund*)出版。

1931年　54岁　与妮侬·杜鲁宾结婚，搬入自己盖的新居，此后一直在此处创作。开始构思长篇著作《玻璃珠游戏》(*Das Glasperlenspiel*)。

1932年　55岁　《东方之旅》(*Die Morgenlandfahrt*)出版。

1935年　58岁　诗集《寓言集》(*Das Fabulierbuch*)出版。弟弟汉斯自杀身亡。

1936年　59岁　获得瑞士最高文学奖歌特弗利特·凯勒奖（Gottfried Keller Preis）。

1939年　62岁　第二次世界大战爆发。当时他被纳粹德国排斥，作品无法在德国境内出版。

1943年　66岁　长篇小说《玻璃珠游戏》在瑞士出版。

1944年　67岁　挚友罗曼·罗兰去世。

1946年　69岁　荣获法兰克福市歌德奖（Goethepreis der Stadt Frankfurt）和诺贝尔文学奖（Nobelpriset i litteratur）。

1955年　78岁　《提契诺之歌》（*Tessin:Betrachtungen，Gedichte und Aquarelle des Autors*）出版。友人托马斯·曼去世。

1962年　85岁　因脑出血在蒙塔纽拉的家中逝世。次日，诗集《一根断枝的呻吟》出版。

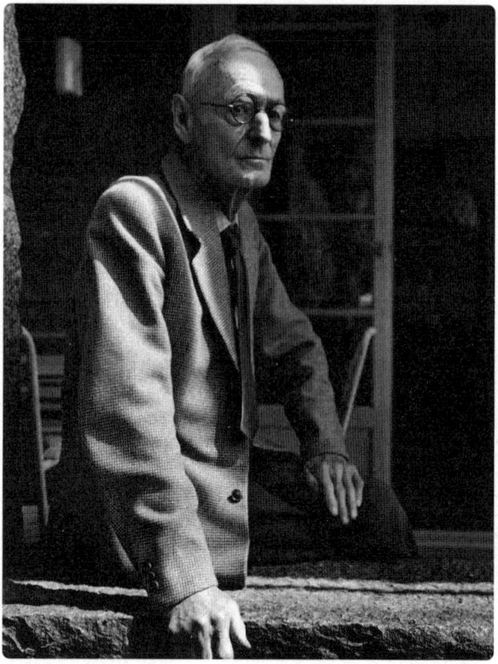

黑塞主要作品年表

1899年　《浪漫之歌》(*Romantische Lieder*)

　　　　《午夜后一小时》(*Eine Stunde hinter Mitternacht*)

1904年　《彼得·卡门青》(*Peter Camenzind*)

1906年　《在轮下》(*Unterm Rad*)

1910年　《盖特露德》(*Gertrud*)

1913年　《印度之行》(*Aus Indien*)

1914年　《艺术家的命运》(*Rosshalde*)

1915年　《漂泊的灵魂》(*Knulp*)

　　　　《孤独者之歌》(*Musik des Einsamen*)

1916年　《青春是美好的》(*Schön ist die Jugend*)

1919年　《德米安》(*Demian*)

1920年　《画家的故事》(*Gedichte des Malers*)

　　　　《流浪》(*Wanderung*)

　　　　《克林索尔的最后一个夏天》(*Klingsors letzter Sommer*)

1922年　《悉达多》(*Siddhartha*)

1925年　《温泉疗养客》(*Kurgast*)

1927年　《荒原狼》(*Der Steppenwolf*)

1929年　《夜里的安慰》(*Trost der Nacht*)

1930年　《纳尔齐斯与歌尔德蒙》(*Narziss und Goldmund*)

1932年　《东方之旅》(*Die Morgenlandfahrt*)

1935年　《寓言集》(*Das Fabulierbuch*)

1943年　《玻璃珠游戏》(*Das Glasperlenspiel*)

1955年　《提契诺之歌》(*Tessin: Betrachtungen, Gedichte und Aquarelle des Autors*)

1962年　《一根断枝的呻吟》